KENJI MIYAZAWA
COLLECTION

宮沢賢治コレクション 9

疾中・東京ほか

詩Ⅳ

筑摩書房

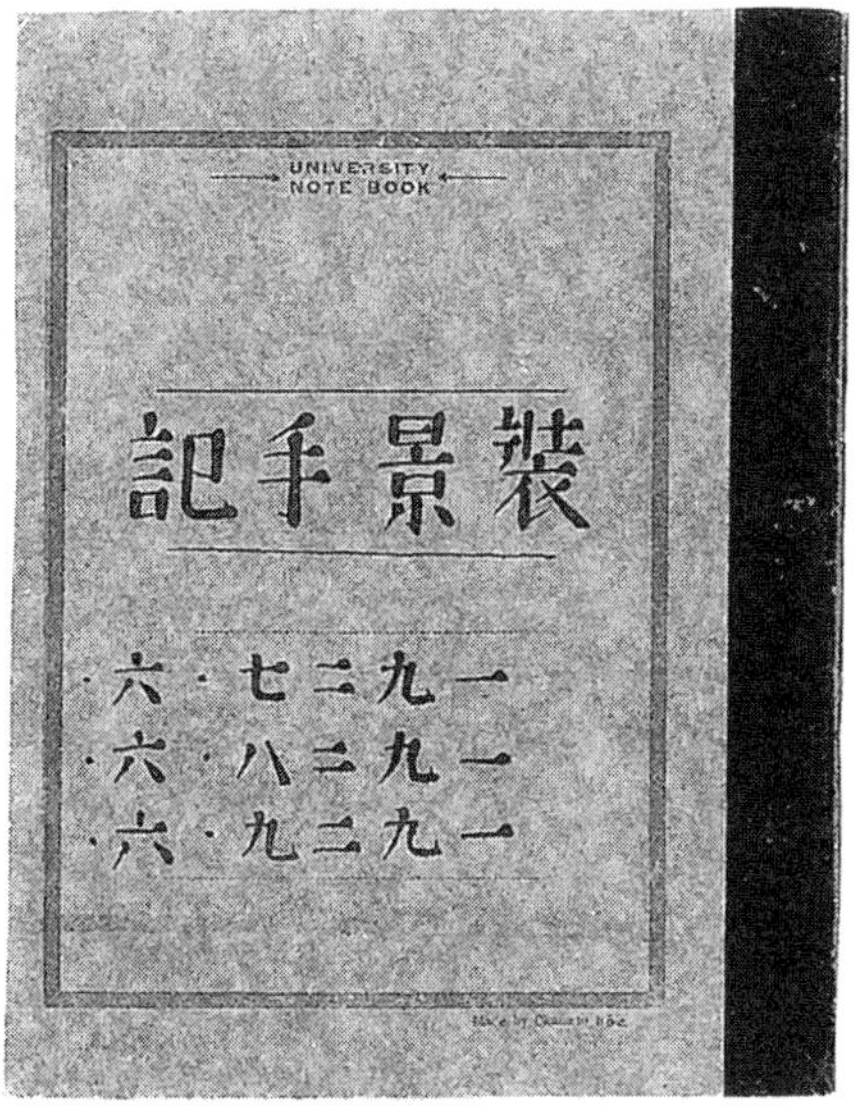

「装景手記」ノート表紙

監修　天沢退二郎
入沢康夫
編集委員　栗原　敦
杉浦　静
編集協力　宮沢家
装画・挿画　千海博美
装丁　アルビレオ
口絵写真　「装景手記」ノート表紙（宮沢賢治記念館蔵）

目次

補遺詩篇

宮沢賢治コレクション9

疾中・東京

ほか

詩Ⅳ

三原三部

三原　第一部

一九二八、六、一三、

ぼんやりこめた煙《けむり》のなかで
澱《よど》んだ夏の雲のま下で
鉄の弧《こ》をした永代橋《えいたいばし》が
にぶい色した一つの電車を通したときに
もうこの船はうごいていた

しゅんせつ船の黒い函《はこ》
赤く巨《おお》きな二つの煙突
あちこちに吹く石油のけむり
またなまめかしい岸の緑の草の氈《せん》

この東京のけむりのなかに

一すじあがる白金ののろし
　東は明るく
幾箇《いくこ》はたらくその水平な鉄の腕《うで》
うずまくけむりと雲の下
浜の離宮《りきゆう》の黒い松の梢《こずえ》には
鶴《つる》もむれまた鵝鳥《がちよう》もむれる
　きらきら光って
船から船へ流れて落ちる黒炭の屑《くず》
へさきの上でほのおも見えずたかれる火

西はいま黒鉛のそら
いくすじひかる水脈《みお》のうね
ガスの会社のタンクとやぐら
しずかに降りる起重機《きじゆうき》の腕

中の台場に立つものは
低い燈台《とうだい》四本のポール
三角標にやなぎとくるみ
緑の草は絨《じゅう》たんになり
南面はひかる草穂《くさほ》なみ
　その石垣のふもとには
川から棄《す》てた折函《おりばこ》や、、、

向こうからいまひかって来るのは
小さく白いモーターボートと
ひきづなにつづく
　　　　九隻《せき》の汽船

次の台場は草ばかり
またその次は草も剝《は》ぎ
黄土あらわに楊《やなぎ》も見えず
うしろはけぶる東京市
ことにも何か、、、の

その灰いろの建物と
同じいいろの煙突そらにけむりを吐けば
　そのしたからもくろけむり

早くも船は海にたちたる鉄さくと
鉄の門をば通り抜け
日光いろの泡《あわ》をたて
アクチノライトの水脈《みお》をも引いて
砒素鏡《ひそきょう》などをつくりはじめる
　品川の海
品川の海

甘ずっぱい雲の向こうに
船もうちくらむ品川の海
海気と甘ずっぱい雲の下
なまめかしく青い水平線に
日に蔭《かげ》るほ船《ぶね》の列が

夢のようにそのおののおののいとなみをする

……南の海の
南の海の
はげしい熱気とけむりのなかから
ひらかぬままにさえざえ芳《かお》り
ついにひらかず水にこぼれる
巨《おお》きな花の蕾《つぼみ》がある……

三原　第二部

一九二八、六、一四、

こういう土ははだしがちょうどいいのです
噴《ふ》かれた灰が、、、のメソッドとかいうようなもので
気層のなかですっかり篩《ふる》いわけられたので
ここらはいちめんちょうど手頃な半ミリ以下になっていて
礫《れき》もなければあんまり多くの膠質体《こうしったい》もないのです
それで腐植《ふしょく》も適量にあり
荳科《まめか》のものがひとりで大へん育つところを考えますと
石灰なども決して少くないようすです
燐酸《りんさん》の方はこれからだんだんわかります
ただ旱害《かんがい》がときどき来るかもしれません
けれどもそれもいわゆる乾燥地農法《ドライファーミング》では
ほとんど仲間に入らないかもしれません
まあ敷草と浅土層《ソイルマルチ》をつくること

この二つが一ばん手ごろとおもいます
つまりはげしい日でりのなかで
十ミリ雨が降ったとき
(何ミリ降ったかそれはたとえば小屋《コット》の屋根の平坪《ひらつぼ》と
貯水タンクの底面積を比較して
その係数をだして置き
タンクの水の増量を見てもわかります)
またすぐ日が照りだしたりすると
この十ミリは全く土の深い方には届かずに
わずかに表部の根を刺戟《しげき》して
いままでなれたそのつつましい蒸散を
俄《にわ》かに拡大したままで
水がそのまま蒸発すれば
植物体はあとで却《かえ》って弱ることさえあるのです
そのときもしもこういうふうな浅土層《ソイルマルチ》をつくるなら
その水湿は蒸発せずに
徐々に深部に浸《し》み通り
夜分にかけてよく植物を養いましょう

いったいこういう砂質《サンデー》で
割合深い土壌では
ひるの間はすっかり土も乾いたように見えていて
朝にはすっかり湿っているのが普通です
それは土壌が一方毛管作用によって
底の方から水をとってはいるのですが
ひるはそいつが蒸発分を補うことができないで
夜には余りあるのです
若《も》しも昼にもソイルマルチや敷藁《しきわら》や
あるいは日蔭を与えることで
二つを相償させますならば
一晩ぐらいの雨さえあれば
そのあと二十日やそこらは大抵《たいてい》困りません
雑草ですか　いいえそいつはちがいます
草は日蔭はつくっても
一方自分がごく精巧な一つの蒸散器官でしょう
つまり自分が土壌の深くに吸引性の支店をもった
たこ配当の銀行などと同じことです

あなたの大事の預金をふいにしたという
そういう風の銀行ですな
それではひとつやりましょう
縄を向こうへ張ってください
そらこうですよ
ずいぶん働きやすい土です
北上川《きたかみ》の岸の砂地と同じことです
すぐうしろからさっきの肥料を入れてください
ええ　それぐらい、そんなふうです
肥料はいちばんむらのないのがいいんです
それではそれをこういう風に耡《す》きこみますよ
それから上を
ごくしっかりと叩《たた》きつけます
ぼさぼさ掘って、ことに堆肥《たいひ》をしきこんで
乾いたままへいきなり種子を蒔《ま》きますと
水の不足でよほど発芽に難儀をします
さっきのように深いとこから吸いあげるまで
こういう風にしっかり叩いて置くのです

これでとにかく一畦《うね》やっとできましたから
ここにはちしゃを播《ま》きましょう
むらが少しもできないように
もう何べんにもごく叮寧《ていねい》に播くのです
あなたはそっちを播いてください
むらなところは吹いてください
またたなごころでまぶしてもようございます
大事な種子は箱か鉢《はち》かへ播きつけますが
一つぶ一つぶ小さな棒に水をつけて
ならべることもありますし
鳥の羽などで一めんまぶすこともあります
結局種子と種子の間が
相当きまってはなれていればいいのです
それでは土をかけましょう
土の厚さは種子の厚さの三倍あたりが原則ですが
こういう軽い土ならもっとかけて置きます
いったい種子の発芽には
温熱水湿酸素の三つが要《い》りますが

地表は酸素と熱には多く
深部は湿りが大きいために
土性とそれから気候によってこれら三つの調和の点を求めるのです
非常な旱魃《かんばつ》続きのときに
巨《おお》きな粒の種子を播きつけしますには
アメリカンインデアンの式をとります
棒で三寸或《ある》いは五寸も穴をあけ
中に二つぶぐらいもまいて
わずかに土を投げて入れます
播く前種子を水に漬《つ》けるか漬けないか
それは天気とあとの処理とに従いましょう
もしもそのとき雨か或いは雨が近くて
発芽がすぐにできますときは
一晩乃至《ないし》二昼夜ぐらい
種子をきれいな水につけます
けれどもちょうど今日のような日
いつまた雨が来るとも知れず
水をかけたりできないときは

むしろ乾いたままで播《ま》き
雨が来るのを待ちましょう
それではどうぞ縄を向こうへ向けてください

こんどは所謂《いわゆる》この農園の装景ということをしましょう
まず第一にこの庭さきのみずきがあんまり混んでいて
おまけに桜や五葉松《ごようまつ》までぎっしりで
大へん狭く苦しい感じがしますから
これをきれいに整理しましょう
この木がぜんたいいちばん高くて乱暴です
まるでチーズのように切れます
さあではあなたも切ってください
それですそれですその木です
ああ鋸《のこぎり》を土につけてはいけませんなあ
刃《は》がすぐすたってしまいます

たぶんあなたのちいさい時分
木小屋かどこかのひるすぎごろに
誰《たれ》かがひとりでしずかにそんな鋸の
目をたてたのをおぼえてましょう
ああいうふうにしてしじゅう大事にするのです
それで結構《けっこう》向こうの樺《かば》も伐《き》ってください
木立はいつでも一つの巨《おお》きなマッスになるか
そうでなければ一本一本幹から葉まで
見分かるようになっていないといけません
大へんそれでよくなりました
その木の二本の幹のうち
右手の方も伐ってください
そしたらひとつここから向こうをごらんください
そこらはみずきのうすい赤からアップルグリン
それもうしろはだんだん高く
喪神《そうしん》青になっていて
向こうが暗い桜の並木
そのまたうしろがあの黒緑な松の梢《こずえ》

すなわちこれが一つの緑の段階で
近代的な浄化過程を示します
そしてうしろがあのかがやかなタキスの天と
せわしくふるうあの銀いろの微塵《みじん》です
そこでこんどはこれらの木立の下草に
月光いろのローンをつくるといたしましょう
すなわちあすこの松や椿《つばき》や
羊歯《しだ》の小暗いトンネルを
どてからこっちへはいって来ると
みずきと桜のあの緑廊になりましょう
そこもやっぱり青ぐらく
緑と紫銅のケールの列や
赤いコキヤのぼたんを数え
しずかにまがってここまで来れば
小屋は窓までナスタシヤだの
まっ赤なサイプレスヴァインだの
ぎらぎらひかる花壇で前をよそおわれ
つかれたその眼《め》をめぐらせば

ふたたびさやかなこの緑色を見るでしょう
これだけでまだ不足なら
さっきのみずきと畑のへりの梓《あずさ》をすこし伐《き》りとって
ここへ一っつ　六面体の
つたとあけびで覆《おお》われた
茶亭をひとつ建てましょう
梓はどの木も枝を残し
停車場などのあのＹの字の柱にし
みずきの方は青い網《あみ》にもこしらえましょう

三原　第三部

黒い火山岩礁《がんしょう》に
いくたびいくたび磯《いそ》波があがり
赤い排気筒の船もゆれ
三原も見えず
島の奥も見えず
黒い火山岩礁に
いくたびいくたび磯波が下がり
……凪はささやき
凪はささやき……
波は灰いろから
タンブルブルーにかわり
枯れかかった磯松の列や
島の奥は蛋白彩《たんぱくさい》の

一九二八、六、一五、

けむりはあがり
いちめん apple green の草はら
……それをわたくしは
あの林のなかにも企図して来た……
狂ったかもめも波をめぐり
昨日座《きのうすわ》ったあの浜べでは
牛が幾匹《いくひき》しずかに
海霧のなかに草をはみ
奥地は霧の
奥地は霧の
もうこの船は、、、、の燈台《とうだい》を見ます
暗い雲にたった　　　　の崎の燈台を見ます

いまわたくしは眼《め》をさまして窓の外を見ましたら
船はもうずうっとおだやかな夕がたの海の上をすべっていて

すぐ眼《め》の前には緑褐色の平たい岬《みさき》が
……よくあちこちの博覧会の模型に出る
一つの灰いろの燈台《とうだい》と
信号の支柱とをのせて横《よこた》わって居《お》りました
それは往《い》くときの三崎《みさき》だったとわたくしはおもい
あの城ヶ島《じょうがしま》がどれであるかを見ようとして
しさいに瞳《ひとみ》をこらしましたが
それはなれないわたくしには
崎《みさき》と区別がつけられないだけ
うしろになって居《お》りまして
ただどんよりと白い日が
うしろのそらにかかって居り
却《かえ》って淡い富士山が
案外小さく白い横雲の上に立ちます
わたくしはいま急いではね起きて
この甲板《かんぱん》に出て来ますと
……福島県

なぜわたくしは離れて来るその島を
じっと見つめて来なかったでしょう
もういま南にあなたの島はすっかり見えず
わずかに伊豆の山山が
その方向を指し示すだけです
とうとうわたくしは
いそがしくあなた方を離れてしまったのです

富士にはうすい雪の条《すじ》があって
その下では光る白い雲が
平らにいちめんうごいて居り
上にはたくさんの小さな積雲が
灰いろのそらに立って居ります
これはもう純粋な葛飾《かつしか》派《は》の版画だ

わたくしも描こうとひとりでわたくしは云《い》いました

三崎《みさき》も遠く
かいろ青のそらの条片と雲のこっちにうかび
日がいまごろぼんやり雲のなかから出て
うすい飴《あめ》いろの光を投げて居《お》ります
それはわたくしの影《かげ》を
排気筒の白いペンキにも投げます

もううしろには模型のような小さな木々や
崖《がけ》のかたちをぼんやり見せた
安房《あわ》の山山も見えていますし

わたくしの影はいま
パイプをはなれて
うしろの船室への入口の壁に
てすりといっしょにうつっています
それから富士の下方の雲は
どんどん北へながれていて
みんなまっかな瑪瑙《めのう》のふうか
またごく怪奇なけだもののかたまりに変わっています
……甲板《かんぱん》の上では
　福島県の紳士たちが
　熱海《あたみ》へ行くのがあらしでだめだとつぶやいて
　いろいろ体操などをやります……
おおあなた方の上に
何と浄《きよ》らかな青ぞらに
まばゆく光る横ぐもが
あたかも三十三天の
パノラマの図のようにかかっていることでしょう

日はいま二層の黒雲の間にはいって
杏《あんず》いろしたレンズになり
富士はいつしか大へん高くけわしくなって
そのまっ下に立って居《お》ります

一隻《せき》の二トンばかりの発動機船が
波をけたてて三崎《みさき》の方へかけて行きます

そしてもうこの舷《げん》のうしろの方で
往《い》くときも見えた
あの暗色の鉛筆の尖《さき》のかたちをした
燈台《とうだい》が二きれの黒い岩礁《がんしょう》の
その小さな方の上に立って

橙《だいだい》いろのうすい灯《ひ》を
燃したり消したりはじめています

黒い海鳥は
幾《いく》羽　鈍《にぶ》い夕ぞらをうつした海面をすべり
船はもうまさしく左方に
その海礁の燈台を望み
またその脚《あし》に時々パッと立つ潮をも見ます
三崎の鼻はもう遠く
その燈台も
辛くくるみいろした
雲にうかんで見えるだけ
そしてあなたの方角は
もうあのかがやく三十三天の図式も消えて
墨《すみ》いろのさびしい雲の縞《しま》ばかり

それからほとんど突然に右手の陸で
ほとんど石炭のけむりのような雲が
いくひら　いくひらあらわれて
もう富士山も
いま落ちたばかりのその日のあとの
光る雲の環《わ》もみんなかくしてしまいます

思いがけなく
雲につつまれた富士の右で
一つの灰いろの雲の峯《みね》が
その葡萄《ぶどう》状の周縁を
かがやく金の環で飾られ
さん然として立って居《お》ります
……颪と
颪と

海があんまりかなしいひすいのいろなのに
そらにやさしい紫《むらさき》いろで
苹果《りんご》の果肉のような雲もうかびます

船にはいま十字のもようのはいった灯もともり
もううしろには
濃い緑いろの観音崎《かんのんざき》の上に
しらしら灯をもすあのまっ白な燈台《とうだい》も見え
あなたの上のそらはいちめん
そらはいちめん
かがやくかがやく
猩々緋《しょうじょうひ》です

東京

浮世絵展覧会印象

膠《にかわ》とわずかの明礬《みょうばん》が
……おお　その超絶顕微鏡《ちょうぜつけんびきょう》的に
　微細精巧《せいこう》の億兆の網《あみ》……
まっ白な楮《こうぞ》の繊維《せんい》を連結して
湿気《しっき》によってごく敏感に増減し
気温によっていみじくいみじく呼吸する
長方形のごくたよりない一つの薄い層をつくる
　いまそこに
　あやしく刻みいだされる
　雪肉乃至《ないし》象牙《ぞうげ》のいろの半肉彫像《ちょうぞう》
　愛染《あいぜん》される
　一乃至九の単色調
　それは光波のたびごとに

一九二八、六、一五、

もろくも崩《くず》れて色あせる
見たまえこれら古い時代の数十の頬《ほお》は
あるいは解き得ぬわらいを湛《たた》え
あるいは解き得てあまりに熱い情熱を
その細やかな眼《め》にも移して
褐色《かっしょく》タイルの方室のなか
茶いろなラッグの壁上《へきじょう》に
巨《おお》きな四次の軌跡《きせき》をのぞく
窓でもあるかとかかっている
高雅《こうが》優美な信教と
風韻《ふういん》性の遺伝をもった
王国日本の洗練された紳士《しんし》女《じょ》が
つつましくいとつつましくその一一《いちいち》の
十二平方デシにも充《み》たぬ
小さな紙片《しへん》をへめぐって
或《あ》るいはその愛慾《あいよく》のあまりにもやさしい模型から
胸のなかに燃え出でようとする焔《ほのお》を
はるかに遠い時空のかなたに浄化《じょうか》して

足音軽く眉《まゆ》も気高く行きつくし
あるいはこれらの遠い時空の隔《へだた》りを
ただちに紙片の中に移って
その古い慾情の香を呼吸して
こころもそらに足もうつろに行き過ぎる

そこには苹果《りんご》青のゆたかな草地や
曇《くも》りのうすいそらをうつしてたたえる水や
はるかに光る小さな赤い鳥居から
幾《いく》列飾る硅孔雀石《けいくじやくいし》の杉の木や

　　永久的な神仙国の創建者
　　形によれる最も偉大な童話の作家

どんよりとよどんだ大気のなかでは
風も大へんものうくて
あまりにもなやましいその人は
丘阜《きゅうふ》に立ってその陶製《とうせい》の盃《さかずき》の

一つを二つを三つを投げれば
わずかに波立つその膠質《こうしつ》の黄いろの波
　その一一《いちいち》の波こそは
　ここでは巨《おお》きな事蹟《じせき》である
それに答えてあらわれるのは
はじめてまばゆい白の雲
それは小松を点々のせた
黄いろな丘をめぐってこっちへうごいてくる

　　一つのちがった atmosphere と
　　無邪気な地物の設計者

人はやっぱり秋には
禾穂《かすい》を叩《たた》いたり
鳴子《なるこ》を引いたりするけれども
氷点は摂氏《せっし》十度であって
雪はあたかも風の積った綿であり
柳《やなぎ》の波に積むときも
まったくちがった重力法によらねばならぬ

夏には雨が
黒いそらから降るけれども
笹《ささ》ぶねをうごかすものは
風よりはむしろ好奇《こうき》の意思であり
蓮《はす》はすべてlotusという種類で
開くときには鼓《つづみ》のように
暮《くれ》の空気をふるわせる

しかもこれらの童期はやがて
熱くまばゆい青春になり
ゆたかな愛憐《あいれん》の瞳《ひとみ》もおどり
またそのしずかな筋骨《きんこつ》も軋《きし》る

赤い花火とはるかにひかる水のいろ
たとえばまぐろのさしみのように
妖冶《ようや》な赤い唇《くちびる》や
その眼《め》のまわりに

ああ風の影《かげ》とも見え
また紙がにじみ出したとも見える
このはじらいのうすい空色
青々としてそり落とされた淫蕩《いんとう》な眉《まゆ》
鋭い二日の月もかかれば
つかれてうるむ瞳《ひとみ》にうつる
町並の屋根の灰いろをした正反射
黒いそらから風が通れば
やなぎもゆれて
風のあとから過ぎる情炎《じょうえん》

やがては ultra youthfulness の
その数々の風景と影
赤くくまどる奇怪な頬《ほお》や
逞《たく》しく人を恐れぬ咆哮《ほうこう》や
魔神《まじん》はひとにのりうつり
青くくまどるひたいもゆがみ

うつろの瞳もあやしく伏《ふ》せて
修弥《しゅみ》の上から舌《した》を出すひと
青い死相を眼《め》に湛《たた》え
蘆《あし》の花咲く迷の国の渚《なぎさ》に立って
髪《かみ》もみだれて刃《やいば》も寒く
怪《あや》しく所作する死の舞《まい》
白衣《びゃくえ》に黒の髪みだれ
死をくまどれる青の面
雪の反射のなかにして
鉄の鏡をささげる人や
ああ浮世絵の命は刹那《せつな》
あらゆる刹那のなやみも夢も
にかわと楮《こうぞ》のごく敏感なシートの上に
化石のように固定され
しかもそれらは空気に息づき
光に色のすがたをも変え
湿気《しっき》にその身を増減して
幾《いく》片幾片

不敵な微笑をつづけている

高雅の　　　　、、、
　　　　　　　、、、をもった
日本
　　　　　　　　、、、
つつましく　いとつつましく

恐《おそ》らくこれらの　　　、、、たちは
その　をばことさら　　　より　　　し
その　　は　　　　　　　　　、、、

やがて来るべき新らしい時代のために
わらっておのおの十字架を負う
そのやさしく勇気ある日本の紳士《しんし》女《じょ》の群は
すべての苦痛をもまた快楽と感じ得る

褐色タイルのこのビルデングのしずかな空気
天の窓張る乳いろガラスの薄やみのなかから
青い桜の下暗《したやみ》のなかに
いとつつましく漂い出《い》でる

高架線

未知の青ぞらにアンテナの櫓《やぐら》もたち
……きらめくきらめく　よろい窓
　行きかいきらめく　よろい窓
ひらめくポプラと　網《あみ》の窓……
羊のごとくいと臆病な眼《め》をして
タキスのそらにひとり立つひと
……車体の軋《きし》みは六〇〇〇を超え
　方尖《ほうせん》赤き屋根をも過ぎる……
　　タキスのそらに
　　タキスのそらに
　　タキスのそらに
酸化礬土《ばんど》と酸水素焔《えん》にてつくりたる
紅《あか》きルビーのひとかけを

一九二八、六、一〇、

ごく大切に手にはめて
タキスのそらのそのしたを
羊のごときやさしき眼してひとり立つひと
……楊梅《ヤマモモ》もひかり
都市は今日
エジプト風の重くて強い容子《ようす》をなせり……
赤のエナメル
赤のエナメル
（安山岩の配列を
火山の裾《すそ》のかたちになして
第九タイプの Bush を植えよ）
江川坦庵《たんあん》作とも見ゆる
黒くて古き煙突も
タキスのそらにそそり立つ
六月の処女《おとめ》は
みずみずしき胸をいだいて
すくやかにその水いろのそらに立つ

……いとうるわしきひとびとの
そぐえるごとくよそおいて
タキスの天に立つことは
東西ともによしとせり……

地球儀または
大きな正金《しょうきん》銀行風の
金のBallもなめらかに
タキスのそらにかがやいて立つ
街路樹《がいろじゅ》は何がよきやと訊《たず》ねしに
わが日本には
いちょうなどこそ
ふさわしかりと技師答えたり
わがために
うすき衣を六月の風にうごかし示したるひと……
ひかりかがやく青ぞらのした
労農党は解散される
……ええとグリムの童話のなかで
狐《きつね》のあだ名は何でしたかな……

……たしか　レオポルドで……
……そう　レオポルド
　それがたくさん出て居《お》りますな……
一千九百二十八年では
みんながこんな不況のなかにありながら
大へん元気に見えるのは
これはあるいはごく古くから戒《いまし》められた
東洋風の倫理から
解き放たれたためでないかと思われまする
ところがどうも
その結末がひどいのです。

この大都市のあらゆるものは
炭素の微粒《びりゅう》こまかき木綿と毛の繊維
ロームの破片
熱く苦しき炭酸ガスや
ひるのいきれの層をば超《こ》えて

かのきららけき氷窒素《ひょうちつそ》のあたりへ向けて
その手をのばし
その手をのばし
その手をのばし
まさしく風にひるがえる
プラタヌス　グリーン　ランターン
プラタヌス　グリーン　ランターン
　　幾層《いく》ひかる意慾《いよく》の波に
　　幾層ひかる意慾の波に
ぱっとのぼるはしろけむり
銀のモナドのけむりなり
海風はいま季節風に交替し
ひるがえる　ひるがえる黄の繻子《しゅす》サティン
ゆるるはサリックスバビロニカ
ひかるはブラスの手すりの穂
ひかるはブラスの手すりのはしら

　二きれ鯖《さば》ぐもそらにうかんで

ガラスはおのずと蛍石片にかわるころ

Ŝi ne estas belaner nin !
Li ne estas Glander min !
Mi ne estas Slander min !

かぼそきひるの触手はあがる
温《ぬる》んでひかる無数の gas のそのひもは
都会のひるの触手にて
氷窒素のかがやく圏にいたるべく
あまりに弱くたゆたいぬ
かがやき青き氷窒素の層のかなたに！
かがやく青き氷窒素のかなたより
天女《てんにょ》の陥《お》ちてきたりしに
そのかげろうの底あたり

鉄のやぐらの林あり
そは天上の樹のごとく
白く熟《う》れたる碍子《がいし》群あり
天女《てんにょ》来りて摘《つ》みたるに
そは修羅《しゅら》のぐみ
黄いろに澱《よど》む硫黄《いおう》にて
嘆きの声は風に充《み》ちしと
きららかに海の青く湛《たた》ゆるを
練瓦の家の屋根やぶれ
青き灝気《こうき》も風景ももる

いまこのつかれし都に充てる
液のさまなす気を騰《あ》げて
岬《みさき》と湾の青き波より
檜《ひ》葉《ば》亘《わた》れる稲の沼より
はるけき巌《いわお》と木々のひまより
あらたに澄める灝気を送り
まどろみ熱き子らの頬《ほお》より

汗《あせ》にしみたるシャツのたもとに
またものうくも街路樹を見る
うるみて弱き瞳と頬を
いとさわやかにもよみがえらせよ
緑青ドームさらに張るとも
いやしき鉄の触手ゆるとも
はては天末うす赤むとも
このつかれたる都のまひる
いざうましめずよみがえらせよ

そのうるわしくわかやぐ胸を
水銀をもて充てたるゆえに
ただしきひとみの前には耐えず
かなしきさまなるひとにも吹けよ

ああひとおのおのわざをもなせど
つみひとになくわれらにあらん
あまねきちからに地をうるおおし

なべてのなやみをとわにも抜かん
まことのねがいにたたずやわれら

いかにやひとびとねたみとそねみ
たがいのすべなききおいとうれい
みだれてすえたるひかりのなかに
すえたるししむらもとむるちから
なべてのちからのかたちをかえて
とわなるくるしみ抜かんとせずや
見ずや扉もよそおいなせば
おもいをこめたるうでにもまさり
いくたびしずかに、、、を、、、
いとしとやかにもとざされたるを

神田の夜

十二時過ぎれば稲びかり
労《つか》れた電車は結束をして
遠くの車庫に帰ってしまい
雲の向こうであるいははるかな南の方で
口に巨《おお》きなラッパをあてた
グッタペルカのライオンが
ビールが四樽《たる》売れたと吠《ほ》える
……赤い牡丹《ぼたん》の更沙染《さらさぞめ》
冴《さ》え冴《ざ》え燃えるネオン燈《とう》
白鳥の頸《くび》　睡蓮《ロトス》の火
雲にはるかな希望をのせて
いまふくよかにねむる少年……
雲の向こうでまたけたたましくベルが鳴る

一九二八、六、一九、

ベルがはげしく鳴るけれども
それも間もなくねむってしまい
睡《ねむ》らないのは
重量菓子屋の裏二階
薄明　自働車運転手らの黄いろな巣
店ではつめたいガラスのなかで
残りの青く澱《よど》んだ葛《くず》の餅《もち》もひかれば
アスティルベの穂もさびしく枯れる
　　　　　x八乗マイナスyの八乗をぼくが分解したらばさ
　　　　残りが消えてxマイナスyが12になったので
　　　　すぐ前の式から解いたらさ
　　　　xはねえ、
　　　　　　顔の茶いろな子猫でさぁ
　　　　yの方はさ、
　　　　yの方はさ
　　　　　　　自転車の前のランプだとさぁ……
いなずまがさし
雨がきらきらひかってふれば

ペーヴメントも
道路工事の車もぬれる
……そらは火照りの
そらは火照りの……
(二十年後の日本の智識階級は
いったいどこにいるのであろう)
Are you all stop here ?
said the gray rat.
I don't know.
said Grip.
Gray rat = is equal to Shūzo Takata
Grip equal ……
Grip なんかどうしてとてもぼくだけでない
そうです夜は
水色の水が鉛管の中へつまっているのです
ぼくとこの先生がさぁ
日本語のなかで英語を云《い》うときは
カナで書くようごくおだやかに発音するとそう云ってたよ

湯屋では何か
アラビヤ風の巨《おお》きな魔法がされていて
夜中の湯気が行きどこもなく立っている

シャッツはみんな袖《そで》のせまいのだけなんだよう
日活館で田中がタクトをふっている

自働車群夜となる

博物館も展覧会もとびらをしめて
黄いろなほこりも朧《おぼ》ろに甘くなるころは
その公園の特にもうすくらい青木通りに
じつにたくさんの自働車が
行水《ぎょうずい》をする黒い烏《からす》の群のように集って
行ったり来たりほこりをたててまわったり
とまって葉巻をふかすように
ぱっぱと青いけむをたてたり
ついには一列長くならんで
往来の紳士やペンテッドレデイをばかにして
かわりばんこに蛙《かえる》のように
グッグッグッグとラッパを鳴らす

マケィシュバラの粗野な像

最後に六代菊五郎氏が　赤むじゃくらの頬《ほお》ひげに
白とみどりのよろいをつけて
水に溺《おぼ》れた蒙古《もうこ》の国の隊長になり
毎日ちがったそのでたらめのおどりをやって
昔ながらの高く奇怪な遺伝をもった
仲間の役者もふきださせ
幕が下がれば十時がうって
おもてはいっぱい巨《おお》きな黒い烏《からす》の群
きまった車は次次へッドライトをつけて
電車の線路へすべって出るし
きまらないのは磁石のように
一つぶ二つぶ砂鉄のかけらを吸いつけて
まもなくピカリとあかしをつける
四列も五列もぞろぞろぞろぞろ車がならんで通って行くと
三等四等をやっとの思いで芝居だけ見た人たちは
肩をすぼめて一列になり

鬼に追われる亡者《もうじゃ》の風《ふう》に
もうごく仲よく帰って行く

〔東京〕

一九一六年三月一〇日（？）
（大正五年）
盛岡高農修学旅行にて始めて出京

◎　博物館

うるはしく
猫睛石《ねこめいし》はひかれども
赤き煉瓦の窓はあれども
（ひとのうれひはせんすべもなし）

◎　鉱物陳列館

しろきそら
この東京のひとむれに
まじりてひとり京橋に行く

◎

浅草の木馬に乗りて哂《わら》ひつゝ
夜汽車をまてど　こゝろまぎれず

一九一六年八月

◎　博物館

うたまろの
乗合ぶねの前に来て
なみだながれぬ　富士くらければ

◎　神田

この坂は
霧《きり》のなかより巨《おほい》なる
舌《した》のごとくにあらはれにけり

◎　植物園

八月も終れるゆゑに小石川
青き木の実のふれるさびしさ

◎　上野

東京よ

これは九月の青りんご
かなしと見つゝ汽車にのぼれり

一九一六年一二月

◎　上野

東京の
光の滓《おり》にわかれんと
ふりかへり見て
またいらだてり

一九二一年一月より八月に至るうち
大正十年

◎

くもにつらなる　でこぼこがらす
はるかかなたを　赤き狐《きつね》のせはしきゆきき

べっかうめがねの　メフィスト

◎

（ばかばかしからずや
かの白光はミラノの村）

そを示す白き指はふるひ
そらより落ち来る銀のモナドのひしめき

◎

赭《あか》ら顔
黒装束《くろしやうぞく》のそのわかもの
急ぎて席に帰り来しかな

◎

コロイドの光の上に張りわたる
夜の穹窿《きゆうりゆう》をあかず見入るも

◎

エナメルのそらにまくろきうでをさゝげ
花を垂るゝは桜かいなや

◎

青木青木
はるか千住の白きそらを
になひて雨にうちどよむかも

◎

かゞやきの雨にしばらく散る桜
いづちのくにのけしきとや見ん

◎

こゝはまた一むれの墓を被《おほ》ひつゝ
梢《こずゑ》暗みどよむ　ときはぎのもり

◎

咲きそめしそめゐよしのの梢をたかみ

ひかりまばゆく　翔《か》ける雲かな

◎

雲ひくく桜は青き夢の列
汝《な》は酔《ゑ》ひしれて泥洲《どろす》にをどり

◎

汝が弟子は酔はずさびしく芦原《あしはら》に
ましろきそらをながめたつかも

◎

棕櫚《しゆろ》の葉大きく痙攣《けいれん》し
陽光横目にすぐるころ
息子の大工は
古スコットランドの
貴族風して戻り来《き》たれり

◎

日光きたりて
いそぎくびすを返すと思ひしに
そはいみじきあやまり
朝の梢《こずゑ》の小《ち》さき街燈
　げにもすぎたる歓楽は
　　すでに来しやとうたがはる
露《つゆ》は草に結び
雲は羊毛とちゞれたり

◎

日過ぎ来し雲の原は
さびしく掃《は》き浄《きよ》められたり

◎

かくまでに
心をいたましむるは
薄明穹《はくめいきゆう》の黒き血痕
新らしき

見習士官の肩章をつけて
その恋敵笑って過ぐる

◎

聖なる窓
そらのひかりはうす青み
汚点ある幕はひるがへる
……Oh, my reverence！
Sacred St. Window！

◎　公衆食堂（須田町）

あわたゞしき薄明の流れを
泳ぎつゝいそぎ飯を食《は》むわれら
食器の音と青きむさぼりとはいともかなしく
その一枚の皿《さら》
硬《かた》き床《ゆか》にふれて散るとき
人々は声をあげて警《いまし》め合へり

◎

われはダルゲを名乗れるものと
つめたく最後のわかれをかはし
白き砂をはるかにはるかにたどれるなり
その三階より灰いろなせる地下室に来て
われはしばらく湯と水とを呑《の》めり
（白き砂をはるかにはるかたどれるなり）
そのとき瓦斯《ガス》のマントルはやぶれ居て
焔《ほのほ》は葱《ねぎ》の華《はな》をなせるに
見つや網膜の半ばら奪ひとられて
その床は黒く錯乱せりき
（白き砂をはるかにはるかにたどれるなり）

◎

赤き幽霊《いうれい》
黄いろの幽霊
あやしきにごりとそらの波
あるひはかすけき風のかげ

◎

霧《きり》は雨となり
建物はぬれ
ひのきははかなき
　日光の飢《うゑ》を感ぜり

◎

ある童子はかすかなる朝の汗《あせ》を拭《ぬぐ》ひ
あるは早くも芝笛《しばぶえ》を吹き
陽光苔《こけ》に流れつゝ
白き菌《きん》はつめたくかほりぬ

◎

そらのふかみと木のしづま
はちすゞめ
群は見がたし

◎

こはドロミット洞窟《どうくつ》の
つめたく淡《あは》き床にあらずや
さるにてもいま
幾箇《いくこ》の環《わ》を嵌《は》められしぞも
巨人の白く光る隻脚《せききやく》

◎

林間に鹿《しか》はあざける
（光はイリヂウムより強し）
げに蒼黝《あをぐろ》く深きそらかな
却《かへ》って明き園の塀《へい》

◎

小さき煉瓦場に人は居ず
まるめろのにほひたゞよひ
火あかあかと燃えたり
（大なる唐箕《たうみ》

幅広の声にて
ひとり歌へるは
こゝにはいともふさはしからず）

◎

つめたくさびしきよあけごろ
蚊《か》はとほくにてかすかにふるひ
凝灰岩《ぎようくわいがん》のねむけとゆかしさと
銀のモナドぞそらにひしめき

◎

霧《きり》のやすけさは天上のちゝ
精巧のあをみどろ水一面をわたり
はちすさやかに黄金《きん》の微塵《みぢん》を吐けば
立ちならぶ岸の家々
早くもあがるエーテルの火

◎　孔雀《くじやく》

白孔雀《くじやく》　いま胸をゆすりて光らしめ
はげしく尾をばひろげたり

おもむろにからだめぐらし
みぢかきはねをゆすぶれり

しばしばはねを痙攣《けいれん》し
あるひは砂をみつめたり

いみじき跡は砂にあり
ほのぼの雲の夢を載《の》す

孔雀　貢高《ぐかう》なるにはあらず
ひとみうるみてしばたゝく

しばし孔雀はしづまれり
霜《しも》の織物　雲のあや

今や孔雀は裳《も》を引きて
すなをついばみ歩みたる

めすの孔雀よとまり木に
とまれば鷹《たか》にことならず

なべて孔雀のラッパはやぶれ
牛酪《バタ》のかむむりいたゞけり

恋敵ジロフォンを撃つ

わたくしが聴衆に会釈《えしやく》して
舞台を去ろうとしたときに
上手《かみて》の方でほとんど予想もしなかった
ジロフォンの音が鳴り出しました

それはわたくしとその娘との交情を
まったくみんなに曝露《ばくろ》させ
またわたくしをいかにも烈《はげ》しくいらだたすよう
ずいぶんしばらく鳴りました

もちろんわたしは
それがまさしきわたくしの敵
ゴムのからだにはでなぶりきの制服を着た

バッスうたいのこっそり忍んだ仕事なことは
よく承知して居《お》りましたのです

丸善階上喫煙室小景

ほとんど初期の春信《はるのぶ》みたいな色どりで
またわざと古びた青磁《せいじ》のいろの窓かけと
ごく落ちついた陰影を飾ったこの室《へや》に
わたくしはひとつの疑問をもつ
壁をめぐってソーファと椅子《いす》がめぐらされ
そいつがみんな共《とも》いろで
たいへん品よくできてはいるが
どういうわけかどの壁も
ちょうどそれらの椅子やソーファのすぐ上で
椅子では一つソーファは四つ
団子のようににじんでいる
……高い椅子には高いところで
　低いソーファは低いところで

一九二八、六、一八、

壁がふしぎににじんでいる……
そらにはうかぶ鯖《さば》の雲
築地の上にはひかってかかる雲の峯《みね》……

たちまちひとり
青じろい眼《め》とこけた頬《ほお》との持主が
奇蹟《きせき》のようにソーファにすわる
それから頭が機械のように
うしろの壁へよりかかる
なるほどなるほどこう云《い》うわけだ
二十世紀の日本では
学校という特殊な機関がたくさんあって
その高級な種類のなかの青年たちは
あんまりじぶんの勉強が
永くかかってどうやら
若さもなくなりそうで
とてもこらえていられないので
大ていい椿《つばき》か鰯《いわし》の油を頭につける
そして充分女や酒や登山のことを考えたうえ

ドイツ或《ある》いは英語の本も読まねばならぬ
それがあすこの壁に残って次の世紀へ送られる
　向こうはちょうど建築中
　ごっしんふうと湯気をふきだす蒸気槌《つち》
　のぼってざぁっとコンクリートをそぐ函《はこ》
そこで隅《すみ》にはどこかの沼か
陰気な町の植木店から
伐《き》りとって来た東洋趣味の蘆《あし》もそよぐというわけだ
　風が吹き
　電車がきしり
　煙突のさきはまわるまわる
またはいってくる
仕立の服の見本をつけた
まだうら若いひとりの紳士
その人はいまごくつつましく煙草《たばこ》をだして
　電車がきしり
　自働車が鳴り
　自働車が鳴り

ごくつつましくマッチをすれば
　コンクリートの函はのぼって
　青ぞら青ぞら　ひかる鯖《さば》ぐも
ほう　何たる驚異《きょうい》
マッチがみんな爆発をして
ひとはあわてて白金製の指環《ゆびわ》をはめて手をこする
……その白金が
　　大ばくはつの原因ですよ……
　ビルデングの黄の煉瓦《れんが》
　波のようにひかり
　ひるの銀杏《いちょう》も
　ぼろぼろになった電線もゆれ
　ユッカのいろの窿穹《ドーム》の上で
　避雷針のさきも鋭くひかる

光の渣《おり》

コロイダールな風と夜
幾《いく》方里にわたる雲のほでりをふりかえり
須達童子《しゅだつどうじ》は誤って一の悲願を起こしたために
その後ちょうど二百生
新生代の第四紀中を
そのいらだたしい光の渣の底にあてなく漂《ただよ》った

　シグナル　エンド　シグナレス！
幾百乱れる電柱と
またまっ黒な鉄のタンクは
メタンや一酸化炭素水素など
迷いを集積するものである

その青じろい光の渣の下底には
黒水晶が熱して砕《くだ》けるときのような
風の刹那《せつな》の眼《め》のかがやきや
緑とも見え藍《あい》とも見える
つやつやとした黒髪《くろかみ》の
そのしばらくの乱れをひさぎ
神経質なガスの灯や
、、、　　　　には

あでやかに
またきらびやかにわらいながら
あけがたはまた日のうちは
青々としてかなしみを食《は》む
　あやしい人魚の群が棲《す》む

そのあるものはスコットランド驃騎兵《ひょうきへい》の
　　よそおいをして
無邪気な少年鼓手《こしゅ》のように
、、、

そのあるものは、、、
、、、

無意識のなかにこれらが侵《おか》して入ってくれば

さうしてすべてこれらの、、、は
何は何何で何だわよと主張をし
何は何何で何だわよと他を叱《しか》り
、、、は、、、で、、、だわよ　戦って
いまや巨《おお》きな東京をほとんど征服しようとする

装景手記

装景手記

六月の雲の圧力に対して
地平線の歪《ゆが》みが
視角五〇度を超《こ》えぬよう
濃い群青《ぐんじょう》をとらねばならぬ
早いはなしが
ちょうど凍《こお》った水銀だけの
弾性率を地平がもてばいいのである
　　Gillarchdox！　Gillarchdae！
　　　いまひらめいてあらわれる
　　　東の青い橄欖岩《かんらんがん》の鋸歯《のこぎりば》
けだし地《ち》殻《かく》が或《あ》る適当度の弾性をもち
したがって地面が踏みに従って
寒天あるいはゼラチンの

歪《ゆが》みをつくるということは
ヒンズーガンダラ乃至《ないし》西域《せいいき》諸国に於《お》ける
永い間の夢想であって
また近代の勝《すぐ》れた園林設計学の
ごく杳遠《ようえん》なめあてである
……電線におりる小鳥のように
頬《ほお》うつくしい娘たち
車室の二列のシートにすわる……
然《しか》るに地殻《ちかく》のこれら不変な剛性《ごうせい》を
更《さら》に任意に変ずることは
恐《おそ》らくとても今日に於ける世界造営の技術の範囲に属しない
……タキスの天に
ぎざぎざに立つ
そのまっ青な鋸《のこぎり》を見よ……
地殻の剛《つよ》さこれを決定するものは
大きく二つになっている
一つは如来《にょらい》の神力《じんりき》により
一つは衆生《しゅじょう》の業《ごう》による

そうわれわれの師父が考え
またわれわれもそう想《おも》う
……そのまっ青な鋸を見よ……
すべてこれらの唯心論の人人は
風景をみな
諸仏と衆生の徳の配列であると見る
たとえば維摩《ゆいま》詰居士《きつこじ》は
それらの青い鋸を
人に高貢《こうぐ》の心あればというのである
それは感情移入によって
生じた情緒と外界との
最奇怪な混合であるなどとして
皮相に説明されるがような
そういう種類のものではない

ならや栗《くり》の Wood land に点在する
ひなびた朱いろの山つつじを燃してやるために

そのいちいちの株に
hale glow と white hot の azalia を副《そ》えてやらねばならぬ
若《も》しそうでなかったら
紫黒色の山牛蒡《やまごぼう》の葉を添えて
怪しい幻暈《げんうん》模様をつくれ
止《や》むなくばすべてこれを截《き》りとる
Gillochindox.　Gillochindae !

ラリックスのうちに
青銅いろして
その枝孔雀《くじゃく》の尾羽根のかたちをなせる
変種たしかにあり

やまつつじ
何たる冴《さ》えぬその重い色素だ
赭土《あかつち》からでももらったような色の族
銀いろまたは無色の風と結婚せよ
なんじが末の子らのため

その水際園に
なぜわたくしは枝垂《しだ》れの雪柳を植えるか
十三歳の聖女テレジアが
水いろの上着を着羊歯《しだ》の花をたくさんもって
小さな円《まる》い唇《くちびる》でうたいながら
そこからこっちへでてくるために
わたくしはそこに雪柳を植える
　Gaillardox！　Gaillardox！

その青くうつくしい三層の段丘《だんきゅう》から
ゆるやかなグラニットの準平原に達するために
いくすじのこみちをそこに設計すればいいか

重い緑青《ろくしょう》の松林ならば
またその下の青い pass ならば

必要によって赤い碍子《がいし》の電柱を
しずかに昇《のぼ》らしめていい
しからば必らず夏の重い雲が
そこを通って挨拶《あいさつ》する

そのゆるやかなグラニットの高原は
三年輪採の草地として
刈入《かりいれ》年の春にはみんなで火を入れる
じつに五月のこの赤い冠や舌《した》が
この地方では大切な情景なのだ

はんの木の群落の下には
すぎなをおのずとはびこらせ
やわらかにやさしいいろの
budding fern を企画せよ
それは使徒《しと》告別の図の
その清冽《せいれつ》ながくぶちにもなる

かがやく露《つゆ》をつくるには
、、、や、、、すべて顕著な水孔《すいこう》をもつ種類を栽《う》える
思うにこれらの朝露は
炭酸その他を溶《と》かして含むその故《ゆえ》に
屈折率も高ければまた冷たくもあるのであろう

頬《ほお》きよらかなむすめたち
グランド電柱をはなれる小鳥のように
いま一斉《いっせい》にシートを立って降りて行く
平野が巨《おお》きな海のようであるので
台地のはじには
あちこち白い巨きな燈台《とうだい》もたち
それはおのおのに
二千アールの稲　沼《ライスマーシュ》の夜を照して
これをして強健な成長をなさしめる
またこの野原の
何と秀《ひい》でた麦であろうか

この春寒さが
あたかもラルゴのテンポで融《と》け
雷《かみなり》も多くてそらから薄い硝酸《しょうさん》もそそぎかかったのだ
　　熟した鋼《はがね》の日がのぼり

　　この国土の装景家たちは
　　この野の福祉のために
　　まさしく身をばかけねばならぬ
頬《ほお》、、、　　　　つく
　　　　　　　　　　立つ
……グランド電柱にとまる小鳥のように
席につこうと企てて
みないかめしくとざされてあれば
肩《かた》をすぼめて仕方なく立つ……

〔澱《にご》った光の澱《おり》の底〕

澱った光の澱の底
夜ひるのあの騒音のなかから
わたくしはいますきとおってうすらつめたく
シトリンの天と浅黄の山と
青々つづく稲の氈《せん》
わが岩手県へ帰って来た
ここではいつも
電燈《でんとう》がみな黄いろなダリヤの花に咲き
雀《すずめ》は泳ぐようにしてその灯のしたにひるがえるし
麦もざくざく黄いろにみのり
雲がしずかな虹彩《こうさい》をつくって
山脈の上にわたっている
これがわたくしのシャツであり

これらがわたくしのたべものである
眠りのたらぬこの二週間
瘠《や》せて青ざめて眼《め》ばかりひかって帰って来たが
さああしたからわたくしは
あの古い麦わらの帽子《ぼうし》をかぶり
黄いろな木綿《もめん》の寛衣《かんい》をつけて
南は二子《ふたこ》の沖積地《ちゅうせきち》から
飯豊《いいとよ》　太田　湯口　宮の目
湯本と好地《こうち》　八幡《はちまん》　矢沢《やさわ》とまわって行こう
ぬるんでコロイダルな稲田の水に手をあらい
しかもつめたい秋の分子をふくんだ風に
稲葉といっしょに夕方の汗《あせ》を吹かせながら
みんなのところをつぎつぎあしたはまわって行こう

華麗樹種品評会

十里にわたるこの沿線の
立派な華麗樹品評会《ファイントリーズショウ》である
けだしこの緑いろなる車室のなかは
殆《ほと》んど秋の空気ばかりで
わたくしは声をあげてうたうこともできれば
ねころぶことも通路を行ったり来たりもできる
そらはいちめん
層巻雲《そうけんうん》のひかるカーテン
じつに壮麗《そうれい》な梢《こずえ》の列
また青々と華奢《きやしや》な梢が
つぎつぎ出没するのである
　青すぎ青すぎ
クリプトメリアギガンテア

一九二七、九、

はんのきはんのき
アルヌスランダアギガンテア
楢《なら》はまさしく
、、、で
、、、である
つぎがまもなく停車場ならば
これが最後の惑《くら》んで青いうろこ松
幹もいっぱい青い鱗《うろこ》で覆《おお》われている
またあたらしく帝王杉があらわれて
風がたちまち鷹《たか》を一ぴきこしらえあげる

疾《しっ》中《ちゅう》

病　床

たけにぐさに
風が吹いているということである
たけにぐさの群落《ぐんらく》にも
風が吹いているということである

眼《め》にて云《い》う

だめでしょう
とまりませんな
がぶがぶ湧《わ》いているですからな
ゆうべからねむらず血も出つづけなもんですから
そこらは青くしんしんとして
どうも間もなく死にそうです
けれどもなんといい風でしょう
もう清明《せいめい》が近いので
あんなに青ぞらからもりあがって湧くように
きれいな風が来るですな
もみじの嫩芽《わかめ》と毛のような花に
秋草のような波をたて
焼痕《やけあと》のある藺草《いぐさ》のむしろも青いです

あなたは医学会のお帰りか何かは知りませんが
黒いフロックコートを召《め》して
こんなに本気にいろいろ手あてもしていただけば
これで死んでもまずは文句もありません
血がでているにかかわらず
こんなにのんきで苦しくないのは
魂魄《こんぱく》なかばからだをはなれたのですかな
ただどうも血のために
それを云えないがひどいです
あなたの方《ほう》からみたらずいぶんさんたんたるけしきでしょうが
わたくしから見えるのは
やっぱりきれいな青ぞらと
すきとおった風ばかりです

〔その恐《おそ》ろしい黒雲が〕

その恐ろしい黒雲が
またわたくしをとろうと来れば
わたくしは切なく熱くひとりもだえる
北上《きたかみ》の河谷を覆《おお》う
あの雨雲と婚《こん》すると云《い》い
森と野原をこもごも載《の》せた
その洪積《こうせき》の台地を恋うと
なかばは戯《たわむ》れに人にも寄せ
なかばは気を負ってほんとうにそうも思い
青い山河をさながらに
じぶんじしんと考えた
ああそのことは私を責める
病の痛みや汗《あせ》のなか

それらのうずまく黒雲や
紺青《こんじよう》の地平線が
またまのあたり近づけば
わたくしは切なく熱くもだえる
ああ父母よ弟よ
あらゆる恩顧《おんこ》や好意の後に
どうしてわたくしは
その恐ろしい黒雲に
からだを投げることができよう
ああ友たちよはるかな友よ
きみはかがやく穹窿《きゆうりゆう》や
透明《とうめい》な風　野原や森の
この恐るべき他の面を知るか

〔まなこをひらけば四月の風が〕

まなこをひらけば四月の風が
瑠璃《るり》のそらから崩《くず》れて来るし
もみじは嫩《わか》いうすあかい芽を
窓いっぱいにひろげている
ゆうべからの血はまだとまらず
みんなはわたくしをみつめている

またなまぬるく湧《わ》くものを
吐《は》くひとの誰《たれ》ともしらず
あおあおとわたくしはねむる
いままたひたいを過ぎ行くものは
あの死火山のいただきの
清麗《せいれい》な一列の風だ

病

高田
藤沢　……なのを
太田　……してくれない
高崎
菊池　……松並木　暗いつつみのあるところ
ひがんだ訓導准《くんどうじゅん》 訓導が
もう二時間もがやがやがやがや云《い》っている
その青黒い方室は
絶対おれの胸ではないし
咽喉《のど》はのどだけ勝手にぶつぶつごろごろ云う
足は全然ありかも何もわからない
ポンプはがたがた叩《たた》いている
ぼんやり青いあかりが見える

そんならこういう考えてるのがおれかと云《い》って
それはそれだけただありふれた反応で
おれだかなんだかわからない

〔風がおもてで呼んでいる〕

風がおもてで呼んでいる
「さあ起きて
赤いシャッツと
いつものぼろぼろの外套《がいとう》を着て
早くおもてへ出て来るんだ」と
風が交々《こもごも》叫《さけ》んでいる
「おれたちはみな
おまえの出るのを迎えるために
おまえのすきなみぞれの粒《つぶ》を
横ぞっぽうに飛ばしている
おまえも早く飛びだして来て
あすこの稜《かど》ある巌《いわ》の上
葉のない黒い林のなかで

うつくしいソプラノをもった
おれたちのなかのひとりと
約束通り結婚しろ」と
繰《く》り返し繰り返し
風がおもてで叫んでいる

〔こんなにも切なく〕

こんなにも切なく
青じろく燃えるからだを
巨《おお》きな槌《つち》でこもごも叩《たた》き
まだまだ錬《きた》えなければならないと
そう云《い》っている誰《たれ》かがある
たしかに二人巨きなやつらで
かたちはどうも見えないけれども
声はつづけて聞えてくる
（モシャさんあなたのでない？）
返事がなくて
ぼろんと一音ハープが鳴る

〔眠ろう眠ろうとあせりながら〕

眠ろう眠ろうとあせりながら
つめたい汗《あせ》と熱のまま
時計は四時をさしている

わたくしはひとごとのように
きのうの四時のわたくしを羨《うらや》む
ああああのころは
わたくしは汗も痛みも忘れ
二十《はたち》の軽い心軀《しんく》にかえり
セピヤいろした木立を縫《ぬ》って
きれいな初冬の空気のなかを
石切《いしきり》たちの一むれと
大沢坂峠《おおさざかとうげ》をのぼっていた

病中

これはいったいどういうわけだ
息がだんだん短くなって
いま完全にとまっている
とまっていると苦しくなる
わざわざ息を吸い込むのかね
　……室《へや》いっぱいの雪あかり……
折角《せっかく》息を吸い込んだのに
こんどもだんだん短くなる
立派な等比級数だ
公比はたしかに四分の三
　睡《ねむ》たい
　　睡たい
　　　睡たい

睡《ねむ》たいからって睡ってしまえば死ぬのだろう
まさに発奮《はっぷん》努力して
断じて眼《め》を！　眼を!!　眼を!!!　ひらき
さよう
もいちど極《きわ》めて大きな息すべし
今度も等比級数か
こいつはだめだ
誰《たれ》に別れるひまもない
もう睡れ
睡ってしまえ
いや死ぬときでなし
発奮すべし
眼をひらき
手を胸に副《そ》え息を吸え
　……母はくりやで水の音……

〔丁　丁　丁　丁　丁〕

丁　丁　丁　丁　丁
丁　丁　丁　丁　丁
叩《たた》きつけられている　丁
叩きつけられている　丁
藻《も》でまっくらな　丁　丁　丁
塩の海　丁　丁　丁　丁　丁
熱　丁　丁　丁　丁　丁
熱　熱　丁　丁　丁
（尊　々　殺　々　殺
殺　々　尊　々　々
尊　々　殺　々　殺
殺　々　尊　々　尊）
ゲニイめとうとう本音《ほんね》を出した

やってみろ　　　丁丁丁
きさまなんかにまけるかよ
　何か巨《おお》きな鳥の影《かげ》
　　ふう　　　丁丁丁
海は青じろく明け　　丁
もうもうあがる蒸気のなかに
香《こう》ばしく息づいて泛《うか》ぶ
巨きな花の蕾《つぼみ》がある

〔胸はいま〕

胸はいま
熱くかなしい鹹湖《かんこ》であって
岸にはじつに二百里の
まっ黒な鱗木《りんぼく》類の林がつづく
そしていったいわたくしは
爬虫《はちゅう》がどれか鳥の形にかわるまで
じっとうごかず
寝ていなければならないのか

夜

これで二時間
咽喉《のど》からの血はとまらない
おもてはもう人もあるかず
樹《き》などしずかに息してめぐむ春の夜
ここここそ春の道場で
菩薩《ぼさつ》は億の身をも棄《す》て
諸仏《しょぶつ》はここに涅槃《ねはん》し住し給《たま》う故《ゆえ》
こんやもうここで誰《たれ》にも見られず
ひとり死んでもいいのだと
いくたびそうも考えをきめ
自分で自分に教えながら
またなまぬるく
あたらしい血が湧《わ》くたび

一九二九、四、二八、

なおほのじろくわたくしはおびえる

〔熱たち胸もくらけれど〕

熱たち胸もくらけれど
白き石粉をうちあふぎ
にがき草根をうち嚙《か》みて
などてふたゝび起《た》たでやむべき

〔美しき夕陽《ゆふひ》の色なして〕

美しき夕陽の色なして
一つの呼気は一年を
わが上方に展《ひら》くなり

熱またあり

水銀は青くひかりて
今宵《こよひ》また熱は高めり
散乱《さんらん》の諸心をあつめ
そのかみの菩薩《ぼさつ》をおもひ
息しづにうちやすらはん

たゆたへる光の澱《おり》や
野と町と官省《くわんしやう》のなか
ひとびとのおもかげや声
ありとあるしじまとうごき
なべてよりいざ立ちかへり
散乱のわが心相よ
あつまりてしづにやすらへ

あしたこそ燃ゆべきものを

〔わが胸はいまや蝕《むしば》み〕

わが胸はいまや蝕み
わがのんど熱く燃えたり

おとづれてきみはあれども
あゝきみもさかなの歯して
青々とうちもわらへる
その群《むれ》のひとりなりけり

一九二八、一二、一二

#〔手は熱く足はなゆれど〕

手は熱く足はなゆれど
われはこれ塔《たふ》建つるもの
滑《すべ》り来《こ》し時間の軸《じく》の
をちこちに美《は》ゆくも成りて
燦々《さんさん》と暗《やみ》をてらせる
その塔のすがたかしこし

〔わが胸いまは青じろき〕

わが胸いまは青じろき
板ひとひらに過ぎぬらし
とは云《い》へかなたすこやけき
億の呼吸のなべてこそ
うららけきわが春のいぶきならずや

〔今宵《こよひ》南の風吹《ふ》けば〕

今宵南の風吹けば
みぞれとなりて窓うてる
その黒暗《こくあん》のかなたより
あやしき鐘《かね》の声すなり

雪をのせたる屋根屋根や
黒き林のかなたより
かつては聞かぬその鐘の
いとあざけくもひゞきくる

そはかの松の並木なる
円通寺《ゑんつうじ》より鳴るらんか
はた飯豊《いひとよ》の丘《をか》かげの

東光寺《とうくわうじ》よりひゞけるや

とむらふごとくあるときは
醒《さ》ますがごとくその鐘《かね》の
汗《あせ》となやみに硬《こは》ばりし
わがうつそみをうち過ぐる

〔疾《やまひ》いま革《あらた》まり来て〕

疾いま革まり来て
わが額《ぬか》に死の気配あり

いざさらばわが業《ごふ》のまま
いづくにもふたゝび生《あ》れん

たゞひたにうちねがへるは
すこやけき身をこそ受けて
もろもろの恩をも報じ
もろびとの苦をも負ひ得ん

さてはまたなやみのなかと
数しらぬなげきのなかに

すなほなるこゝろをもちて
よろこばんその性《しやう》を得ん

さらばいざ　死《しに》よとり行け
この世にて　わが経《へ》ざりける
数々の快楽《けらく》の列は
われよりも美《は》しけきひとの
すこやかにうちも得ななん
そのことぞいとゞたのしき

〔熱とあえぎをうつゝなみ〕

熱とあえぎをうつゝなみ
死《しに》のさかひをまどろみし
このよもすがらひねもすを
さこそはまもり給《たま》ひしか

瓔珞《やうらく》もなく沓《くつ》もなく
たゞ灰いろのあらぬのに
庶民《しよみん》がさまをなしまして
みこゝろしづに居《を》りたまふ

み名を知らんにおそれあり
さは云《い》へまことかの文《ふみ》に
三たびぞ記し置かれける

おんめがみとぞ思はるゝ

さればなやみと熱ゆゑに
みだれごころのさなかにも
み神のみ名によらずして
法《のり》の名にこそきましけれ

瓔珞《やうらく》もなく沓《くつ》もなく
はてなき業《ごふ》の児《こ》らゆゑに
みまゆに雲のうれひして
さこそはしづに居《を》りたまふ

名声

なべてのまこといつはりを
たゞそのまゝにしろしめす
正偏知《しやうへんち》をぞ恐《おそ》るべく
人に知らるゝことな求めそ

また名を得《え》んに十方《じつぱう》の
諸仏のくにに充《み》ちみてる
天と菩薩《ぼさつ》をおもふべく
黒き活字をうちねがはざれ

〔あゝ今日ここに果てんとや〕

あゝ今日ここに果てんとや
燃ゆるねがひはありながら
外《と》のわざにのみまぎらひて
十《と》年《とせ》はつひに過ぎにけり

懺悔《ざんげ》の汗《あせ》に身をば燃し
もだえの血をば吐《は》きながら
たゞねがふらく蝕《むしば》みし
この身捧げん壇《だん》あれと

〔そのうす青き玻璃《はり》の器に〕

そのうす青き玻璃の器に
しづにひかりて澱《よど》めるは
まことや菩薩《ぼさつ》わがために
血もてつぐなひあがなひし
水とよばるゝそれにこそ

S博士に

博士よきみの声顫《ふる》ひ
暗きに面《おもて》をそむくるは
熱とあえぎに耐えずして
今宵《こよひ》わが身の果てんとか

あゝ勇猛と精進《しやうじん》の
ねがひはつねにありしかど
あしたあしたを望みつゝ
早くいのちは過ぎにけり

しかればきみが求むらん
奇蹟《きせき》はわれが分《ぶん》ならず
たゞ知りたまへちゝはゝに

そむけるはかくさびしく死する

〔ひるすぎの三時となれば〕

ひるすぎの三時となれば
わが疾《や》める左の胸に
濁りたる赤き火ぞつき
やがて雨はげしくしきる
はじめは熱く暗くして
やがてまばゆきその雨の
杉と榊《さかき》を洗ひつゝ
降りて夜明けに至るなれ

〔春来《きた》るともなほわれの〕

春来るともなほわれの
えこそは起《た》たぬけはひなり
さればかしこの崖下《がけした》の
高井水車の前あたり
矢ばねのさまに鳥とびて
くるみの列の足なみを
雪融《ゆきどけ》の水の来るところ
乾田《かたた》の盤のまなかより
青きすゞめのてっぽうと
稲の根赤く銹《さ》びにたる
湯気たつ土の一かけを
とり来てわれに示さずや

〔そしてわたくしはまもなく死ぬのだろう〕

そしてわたくしはまもなく死ぬのだろう
わたくしというのはいったい何だ
何べん考えなおし読みあさり
そうともきききこうも教えられても
結局まだはっきりしていない
わたくしというのは

〔以下空白〕

（一九二九年二月）

われやがて死なん
　今日又《また》は明日
あたらしくまたわれとは何かを考へる
われとは畢竟《ひつきやう》法則（自然的規約）の外《ほか》の何でもない
　からだは骨や血や肉や
　それらは結局さまざまの分子で
　幾《いく》十種かの原子の結合
　原子は結局真空の一体
　外界もまたしかり
われわが身と外界とをしかく感じ
これらの物質諸種に働く
その法則をわれと云《い》ふ
われ死して真空に帰するや

ふたゝびわれと感ずるや
ともにそこにあるは一の法則（因縁《いんえん》）のみ
その本原の法の名を妙法蓮華経《めうほふれんげきやう》と名づくといへり
そのこと人に菩提《ぼだい》の心あるを以《もつ》て菩薩《ぼさつ》を信ず
菩薩を信ずる事を以て仏を信ず
諸仏無数《むしゆ》億而《しか》も仏もまた法なり
諸仏の本原の法これ妙法蓮華経なり
　帰命《きみやう》妙法蓮華経
　生もこれ妙法の生
　死もこれ妙法の死
今身より仏身に至るまでよく持ち奉《たてまつ》る

補遺詩篇

#〔松の針はいま白光に溶《と》ける〕

松の針はいま白光に溶ける
（尊い金はななめにながれ……）
なぜテニスをやるか
おれの額《ひたい》がこんなに高くなったのに

日輪雲に没し給えば
雲はたしかに白金環《はっきんかん》だ
松の実とその松の枝は
黒くってはっきりしている

雲がとければ日は水銀
天盤も砕《くだ》けてゆれる
どうして、どうしておまえは泣くか

緑の針が波だつのに

横雲が来れば雲は灼《や》ける
あいつは何という馬鹿だ
横雲が行けば日は光耀《こうよう》
郡役所の屋根も近い

(ああ修羅《しゆら》のなかをたゆたい
また青々とかなしむ)

おれの手はかれ草のにおい
眼には黄いろの天《あま》の川
黄水晶の砂利でも渡って見せよう
空間も一つではない

風のひのきをてらし
太陽は今落ちて行く
春の透明《とうめい》の中から

遠いことばが身を責める
朝はかれ草のどてを
黄いろのマントがひるがえり
ひるすぎはやなぎ並木を
上席書記がわらって来る

盛岡停車場

汽車の中は水色だ。
そして乾いているらしい。
窓のガラスに額《ひたい》を寄せ
お前さんはあんまり大きな赤い苹果《りんご》に
皮ごとパクッと喰《く》いつきます。
（おい、あんまりきろきろ見るない。）
ええ、あの口はひからびてました。
何だか私は泣きたいのです。
それから変なあわてたものが、
あの口のまわりに一杯集っていたのです。
（何だ、つまらん。北海道から
　どこかへ帰る馬の骨。）
それから、こちらでは

あなたはべんとうをお買いになるのですか。
なるほどそれももっともです。
どうです、弁当はおいしいですか。
汽車が発《た》ってからおはじめなさい。
けれどもガラスの粗末な盃《さかずき》は
大へんに光って気の毒ではありませんか。
もう汽車が出ます。
（ええと、どこの何やらあなた方は。）
どうせ今夜は汽車でお泊《とま》りでしょう。
それではさよならお大事に。
ふりさけ見れば、
ふりさけ見れば、
落魄《おちぶ》れかかる青山《せいざん》を背負い
ひとりいらだつアークライトと
ペンキで描いた広告の地図に
向こう見ず衝《つ》き当たる生意気《なまいき》の小鳥。

〔霧《きり》のあめと　雲の明るい磁器〕

※

霧のあめと　雲の明るい磁器
電しん柱は黒くて直立
烏《からす》は頸《くび》の骨をめぐらせ
雀《すずめ》は一疋《ぴき》平らに流れる
（声はテノール。）

霧雨《きりさめ》の黒のぬかるみから
飛びたつものは鳩《はと》のむれ
倉庫の屋根の亜鉛《あえん》もそら
（声はテノール。）

霧雨の下駄《げた》材のかげから
腐植《ふしよく》のぬかるみのなかに
あるき出すものは白い鳩
電信ばしらの碍子《がいし》もぬれ
（声はテノール。）

展勝地

※

ほこりの向こうのあんまり青い落葉松《ラリックス》、
青すぎることは陰うつで却《かえ》っていやに見える、
そらはいよいよ白くつめたくて、
みんなはずいぶん気が立ってあるいている。

※

風と散漫《さんまん》　風と散漫、
いまその安山集塊岩《あんざんしゅうかいがん》の、
けわしく鋭い崖《がけ》の上に、
雲を濾《こ》された少しの日光がそそぎ
風は頁《ページ》をひるがえし、
みんなの踏んで行く砂は、
天《あま》の河《がわ》のその明るい砂だ。

※

砂の上に雲の影《かげ》がある。
それは影ではなくて、
やっぱり暗い色の砂だ。
「桜羽場《さくらはば》君　そこはだめだ。
あなたは風邪《かぜ》も引いてるから、
そんなところに座《すわ》っていると、
ついぐらぐらして陥《お》ちるかもしれない。
ははん、
それは物理的には落ちない筈《はず》だけれども、

〔以下原稿なし〕

〔大きな西洋料理店のように思われる〕

〔冒頭原稿なし〕

大きな西洋料理店のように思われる。
そしても一度けむりと朱金の間から
藍《あい》いろに起伏《きふく》するものは
やっぱり樺太《カラフト》の鮭《さけ》の尻尾《しっぽ》の南端だ。
この風は丁度《ちょうど》あけ方の岩手山の三合目
波にはちゃんと砒《ひ》素鏡《そきょう》もある。

夜

……Donald Caird can lilt and sing,
　brithly dance the hehland
　　highland だろうか

誰《だれ》かが泣いて
誰か女がはげしく泣いて
雪　麻《あさ》　はがね　暗《やみ》の野原を河原を
川へ　凍《こお》った夜中の石へ走って行く
わたくしははねあがろうか
ああ川岸へ棄《す》てられたまま死んでいた
赤児《あかご》に呼ばれた母が行くのだ
崖《がけ》の下から追う声が
ああ　その声は……
もう聞くな　またかんがえるな

……Donald Caird can lilt and sing,
もういいのだ　つれてくるのだ　声がすっかりしずまって
まっくろないちめんの石だ

牧馬地方の春の歌

風ぬるみ　鳥なけど
うまやのなかのうすあかり
かれくさと雪の映《は》え
野を恋うる声聞けよ
白樺《しらかば》も日に燃えて
たのしくめぐるい春が来た
わかものよ
息熱い
アングロアラヴに水色の
羅紗《らしゃ》を着せ
にぎやかなみなかみにつれて行け
　雪融《ゆきどけ》の流れに飼《か》い
　風よ吹き軋《きし》れ青空に

鳥よ飛び歌え雲もながれ
水いろの羅紗をきせ
馬をみなかみに連れ行けよ

ダルゲ

鉄階段をやっとのことで
おれは十階の床をふんだ
ここの天井《てんじよう》はずいぶん高い
ぜんたい壁や天井が灰いろの陰影だけでできているのか
つめたい漆喰《しつくい》で固めあげられているのかわからない
けれども　そうだ　この巨《おお》きな室《へや》にダルゲが居て
こんどこそもう会えるのだ
おれはなんだか胸のどこかが熱いか溶《と》けるかしたようだ
七　米《メートル》も高さのある大きな扉《と》が半分開く
おれはするっとはいって行く
室はがらんとつめたくて
猫脊《ねこぜ》のダルゲが額《ひたい》に手をかざし
巨きな窓から西ぞらをじっと眺《なが》めている

ダルゲは陰気な灰いろで
腰《こし》には厚い硝子《ガラス》の簑《みの》をまとっている
ダルゲは少しもうごかない
窓の向こうは雲が縮《ちぢ》れて白く痛い
ダルゲがすこしうごいたようだ
息を引くのは歌うのだ
　西ぞらのちぢれ羊から
　おれの崇敬《すうけい》は照り返され
　（天の海と窓の日《ひ》覆《おお》い）
　おれの崇敬は照り返され
空の向こうに氷河の棒ができあがる
ダルゲはもいちど小手をかざしてだまりこむ
もう仕方ない　おれはひとあしそっちへすすむ
　（ええと、白堊《はくあ》系《けい》の砂岩の斜層理《しゃそうり》について）
ダルゲがこっちをふりむいて
おお　ひややかにわらっている

〔船首マストの上に来て〕

船首マストの上に来て
あるいはくらくひるがえる
煙《えん》とつはきれいなかげろうを吐《は》き
そのへりにはあかつきの星もゆすれる
……船員たちはいきなり飛んできて
　　足で鶏《にわとり》の籠《かご》をころがす
　　鶏はむちゃくちゃに鳴き
　　一人は籠に手を入れて
　　奇術のように卵をひとつとりだした……
さあいまけむりはにわかに黒くなり
ウィンチは湯気を吐き
馬はせわしく動揺する
うすくなった月はまた煙のなかにつつまれ

水は鴇《とき》いろの絹になる
東は燃え出し
その灼《や》けた鋼粉の雲の中から
きよめられてあたらしいねがいが湧《わ》く
それはある形をした巻層雲《けんそううん》だ
……島は鶏頭《けいとう》の花に変り
　水は朝の審判を受ける……
港は近く水は鉛になっている
わたくしはあたらしくmarriageを終えた海に
いまいちどわたくしのたましいを投げ
わたくしのまことをちかい
三十名のわたくしの生徒たちと
けさはやく汽車に乗ろうとする
水があんな朱金の波をたたむのは
海がそれを受けとった証拠だ
……かもめの黒と白との縞《しま》……
空もすっかり爽《さわや》かな苹果《りんご》青になり
旧教主の月はしらじらかかる

かもめは針のように啼《な》いてすぎ
発動機の音や青い朝の火や
……みんながはしけでわたるとき
　馬はちがった方向から
　べつべつに陸にうつされる……

〔それでは計算いたしましょう〕

それでは計算いたしましょう
場所は湯口の上根子《かみねこ》ですな
そこのところの
総反別《たんべつ》はどれだけですか
五反八畝《せ》と
それは台帳面ですか
それとも百刈勘定ですか
いつでも乾田《かたた》ですか湿田《ひどろ》ですか、
すると川から何段上になりますか
つまりあすこの栗《くり》の木のある観音堂《かんのんどう》と
同じ並びになりますか
ああそうですか、あの下ですか
そしてやっぱり川からは

一段上になるでしょう
畦《あぜ》やそこらに
しろつめくさが生えますか
上の方にはないでしょう
そんならスカンコは生えますか
マルコや、、はどうですか
土はどういうふうですか
くろぼくのある砂がかり
はあそうでしょう
けれども砂といったって
指でこうしてサラサラするほどでもないでしょう
掘り返すとき崖下《がけした》の田と
どっちの方が楽ですか
上をあるくとはねあげるような気がしますか
水を二寸も掛けておいて、あとをとめても
半日ぐらいはもちますか
げんげを播《ま》いてよくできますか
槍《やり》たて草が生えますか

村の中では上田ですか
はやく茂ってあとですがれる気味でしょう
そこでこんどは苗代《なわしろ》ですな
苗代はうちのそば　高台ですな
一日一ぱい日のあたるとこですか
北にはひばの垣ですな
西にも林がありますか
それはまばらなものですか
生籾《なまもみ》でどれだけ播きますか
燐酸《りんさん》を使ったことがありますか
苗は大体とってから
その日のうちに植えますか
これで苗代もすみ　まず　ご一服して下さい
そのうち勘定しますから

さてと今年はどういう稲を植えますか
この種子は何年前の原種ですか
肥料はそこで反当《たんあ》たりいくらかけますか

安全に八分目の収穫を望みますかそれともまたは
三十年に一度のような悪天候の来たときは
藁《わら》だけとるという覚悟《かくご》で大やましをかけて見ますか

稲熱病《いもち》

稲熱に赤く敗《や》られた稲に
みんなめいめい影《かげ》を落として
ならんで畔《あぜ》に立っていると
浅黄いろした野袴《のばかま》をはき
蕈《きのこ》の根《ね》付《つけ》を腰《こし》にはさむ
七十近い人相もいい竹取翁《おきな》
しかも西方ほの青い夏の火山列を越えて
和風が絶えず嫋々《じようじよう》と吹けば
シャツの袖《そで》もすずしく
みんなの胸も閑雅《かんが》であるが
恐《おそ》らく半透明な黄いろの胞子《ほうし》は
億万無数東方かけて飛んでいるので
風下《かざしも》の百姓《ひやくしよう》たちは

はやくもため息をついて
恨《うら》めしそうに翁をちらちら見ているのだ
この田の主はふるえている
胸にまっ黒く毛の生えた区長が
向こうの畔で
厚い舌を出して唇《くちびる》をなめて
何かどなりでもしそうなのだ
そらでは幾《いく》きれ鯖《さば》ぐもが
きらきらひかってながれるのだ
これが烈々たる太陽の下でなくて
顔のつらさもはっきり知れない月夜ならば
百姓たちはお腹《なか》が空《す》いたら召しあがれえという訳で
翁は空を仰いで得ならぬ香気と
天楽の影を慕《した》うであろうし
拙者《せっしゃ》もいかに助かることであろう

〔みんなで桑《くわ》を截《き》りながら〕

みんなで桑を截りながら
こもごもに見る向こうの雲
そのどんよりと黒いもの
温《ぬる》んだ水の懸垂体《けんすいたい》
それこそ豊かな家とも見え
またたべものにもなりそうな
温く豊かな春の雲だ

装景者

そう
やまつつじ！
栗《くり》やこならの露《つゆ》にまじって
丘《おか》いっぱいに咲いてくれたが
それも相当咲きほこったるすがたであるが
さあきみどうしたもんだろう

なによりもあの冴《さ》えない色だ
朱もあすこまで没落すると
もうそちこちにのぞき出た
赭土《あかつち》にさえまぎれてしまう

どうしてこれを〔以下空白〕

〔倒れかかった稲のあいだで〕

倒れかかった稲のあいだで
ある眼《め》は白く忿《いか》っていたし
ある眼はさびしく正視を避けた
　……地べたについたあのまっ黒な雲の中
　　地べたについたまっ黒な雲の中……
それだからといって
いまいなずまの紫《むらさき》いろ
みちの粘土をかすめて行けば
幅十ミリの小さな川が
みちのくぼみを衝《つ》いて奔《はし》り
あらゆる波のその背も谷も
また各々《おのおの》のその皺《しわ》さえも明らかなのだ
……その背も谷も明らかなのだ……

ごろごろまわるからの水車
もう村々も町々も
衰《おとろ》えるだけ衰えつくし
中ぶらりんのわれわれなんどは
まっ先居なくなるとする〔中断〕

花鳥図譜　雀《すずめ》

青いかえでのなかで
からだをくしゃくしゃにして
そのはねを繕《つくろ》っている瘠《や》せた雀
肩《かた》の羽だけ四五枚張って陽《ひ》にかざせば
それは貝殻《かいがら》のように見える
羽をとじれば、
あんまりやせているので雀のようでない
　一枝あがるそらの光
　一枝あがる青いかえで
二枝あがって外れて桜の枝にうつれば
　風が吹いて
雀はちょっと首をまげ蜜蜂《みつばち》みたいな感じになる
虻《あぶ》が一疋《ぴき》下へとび

たちまち雀の大上段
雀は枝にとまったままで早くもそれをたべている
嘴《くちばし》 二度ほど微《かす》かにうごく
雀はのぼる光の枝
畏《かしこ》まったという形になって
まっ向《こう》地面へ降りたちます

春

水星少女歌劇団一行

（ヨハンネス！　ヨハンネス！　とわにかわらじを
ヨハンネス！　ヨハンネス！　とわにかわらじを……）
（あらドラゴン！　ドラゴン！）
（まあドラゴンが飛んで来たわ）
（ドラゴン、ドラゴン！　香油《こうゆ》をお呉《く》れ）
（ドラゴン！　ドラゴン！　香油をお呉れ）
（あの　竜《ドラゴン》　翅《はね》が何だかびっこだわ）
（片《かた》っ方《ぽう》だけぴいんと張って東へ方向を変えるんだわ）
（香油を吐いて落としてくれりゃ、座主《マスター》だって助かるわ）
（竜の吐くのは夏だけだって）
（そんなことないわ　春だって吐くわ）
（夏だけだわよ）
（春でもだわよ）

（何を喧嘩《けんか》してんだ）
（ねえ　勲爵士《ナイト》　竜の吐くのは夏だけだわね）
（春もだわねえ、強いジョニー！）
（ああ　竜《ドラゴン》　の香料か　あれは何でもから松か何か
新芽をあんまり食いすぎて　胸がやけると吐くんだそうだ）
（するといったいどっちなの!!）
（つまりは春とか夏とかは　季節の方の問題だ
竜の勝手にして見ると　なるべく青いいい芽をだな
翅をあんまりうごかさないで　なるべくたくさん食うのがいいという訳さ
ふう　いい天気だねえ　どうだ　水百合《みずゆり》が盛《さか》んに花粉を噴《ふ》くじゃあないか）
沼地はプラットフォームの東　いろいろな花の爵《しゃく》やカップが　代る代る厳《いか》めしい蓋《ふた》を開けて
青や黄いろの花粉を噴くと　それはどんどん沼に落ちて渦《うず》になったり条《すじ》になったり株の間を
　滑《すべ》ってきます
（ねえジョニー　向こうの山は何ていうの？）
（あれが名高いセニョリタスさ）
（まあセニョリタス！）
（まあセニョリタス！）
（あの白いのはやっぱり雪？）

（雪ともさ）
（水いろのとこ何でしょう）
（谷がかすんでいるんだよ
おお燃え燃ゆるセニョリタス
ながもすそなる水いろと銀なる襞《ひだ》をととのえよ
といってね）
（けむりを吐いていないじゃない？）
（けむをはいたは昔のことさ）
（そんならいまは死火山なの）
（瓦斯《ガス》をすこうし吐いてるそうだ）
（あすこの上にも人がいるの）
（居るともさ　それがさっきのヨハンネスだろう　汽車の煙《けむり》がまだ見えないな）
　ジョニーは向こうへ歩いて行き　向こうの小さな泥洲《どろす》では　ぼうぼうと立つ白い湯気のなかを　蟇《がま》がつるんで這《は》っています

花鳥図譜、八月、早池峯山巓《はやちねさんてん》

森林主事　農林学校学生

（根こそげ抜いて行くような人に限って
それを育てはしないのです
ほんとの高山植物家なら
時計皿とかペトリシャーレをもって来て
眼《め》を細くして種子だけ採って行くもんです）
（魅惑《みわく》は花にありますからな）
（魅惑は花にありますだって
こいつはずい分愕《おどろ》いた
そんならひとつ
袋をしょってデパートへ行って
いろいろ魅惑のあるものを
片っぱしから採集して
それで通れば結構だ）

（けれどもここは山ですよ）
（山ならどうだと云《い》うんです
ここは国家の保安林で
いくら雲から抜けでていても
月の世界じゃないですからな
それに第一常識だ
新聞ぐらい読むものなら
みんな判《わか》っている筈《はず》なんだ
ぼくはここから顔を出して
ちょっと一言物を言えば
もうあなた方の教養は
手に取るようにわかるんだ
教養のある人ならば
必ずぴたっと顔色がかわる）
（わざわざ山までやって来て
そこまで云われりゃ沢山《たくさん》だ）
（そうですここまで来る途中には
二箇所もわざわざ札をたてて

とるなと云ってあるんです）
（二十方里《ほうり》の山の中へ二つたてたもすさまじいや）
（あなたは谷をのぼるとき
どこを見ながら歩いてました）
（ずい分大きなお世話です
雲を見ながら歩いてました）
（なるほど雲だけ見ていた人が
山を登ってしまったもんで
俄《にわ》かにショベルや何かを出して
一貫近くも花を荷造りした訳《わけ》ですね
それもえらんでここ特産の貴重種だけ
ぼくはこいつを趣味と見ない
営利のためと断ずるのだ）
（ぼくの方にも覚悟《かくご》があるぞ）
（覚悟の通りやりたまえ
花はこっちへ貰《もら》います
道具はみんな没収だ
あとはあなたの下宿の方へ

罰金額を通知します）
（ずいぶんしかたがひどいじゃないか
まるで立派な追剝《おいはぎ》だ）
（まだこの上に何かに云《い》うと
きみは官憲侮辱《ぶじょく》にもなるし
職務執行妨害罪にもあたるんだ）
（きみは袋もとるんだな）
（これも採集用具と看做《みな》す
最大事な証拠品だ）
（袋はかえせ！）
（悪く興奮したもうな
見給《たま》えきみの大好きそうな入道雲が
向こうにたくさん湧《わ》いて来た）
（失敬な）
（落ちつき給え
きみさえ何もしなければ
ぼくはここから顔も出さなけゃ
声さえかけはしないんだ

わざわざ君らの山の気分を邪魔せんように
この洞穴に居るんじゃないか
早く帰って行き給え）

（ああいうやつがあるんでね）
（結局やっぱり罰金ですか）
（まああ云っておどしただけさ）
（大へんてきぱきしていましたね）
（きみがたまたま居たからさ
向こうはきみも役人仲間と思っていた）
（すっかり利用されました）
（どうです四五日一所にいたら）
（あなた一人じゃないようですね）
（高橋という学士が居る）
（やっぱり植物監視ですか）
（いや雷鳥《らいちょう》を捕《と》るんだと）
（ここに雷鳥が居るんですか）
（高橋さんは居ると見込《みこ》みをつけている）

（でも雷鳥は
雪線附近《せっせんふきん》に限るそうではありませんか）
（ところがそれが居るんだと
一昨日ぼくが来た晩も
はい松の影を走るのを
高橋さんが見たんだと）
（でもほんとうの雷鳥なら
そんなに遁《に》げたりしないんでしょう
大へんのろいというようですよ）
（ははは
ところが大将
雷鳥なんか問題でない
背後のもっと大きなものをねらっている）
（ああああそれだ
何か絶滅鳥類でしょう）
（どこからそれをききました）
（今朝新聞へ出てました）
（じゃあ高橋さん昨日の記者へ話したな

だが鳥類じゃないんだね
鳥類ならばここが最後に島だったとき
自由によそへも行けたんだから)
(ここが最後に島だった……?)
(高橋さんがそう云《い》うんだよ
何でも三紀のはじめ頃
北上《きたかみ》山地が一つの島に残されて
それも殆《ほと》んど海面近く
開析《かいせき》されてしまったとき
この山などがその削剝《さくはく》の残丘《ざんきゅう》だと
なんぶとらのおとか、、、、とか
いろいろ特種な植物が
この山にだけ生えてるのは
そのためだろうというんだな)
(なるほどこれはおもしろい)
(もし植物がそういうんなら
動物の方もやっぱりそうで
海を渡って行けないもので

何かがきっと居るというんだ）
（一体どういうものなんでしょう）
（哺乳類《ほにゅうるい》だというんだね）
（猿か鹿かの類ですか）
（いいや鼠《ねずみ》と兎《うさぎ》だと）
（とれるでしょうか）
（大将自費で
トラップ二十買い込《こ》んで
もうあちこちへ装置した
一ぺんぐるっと見巡《まわ》るのに
四時間ばかりかかるんだ）

花鳥図譜十一月

東北菊花品評会　於盛岡

（ぜんたい色にしてもです
何か昔の木版本に
白とか黄とか正色《せいしょく》だけを尊ぶなんとありますと
もうそれ一つが金科玉条
いつまでたってもその範疇《はんちゅう》を抜けれない
こんなことではだめですな
まわりがどんどん進んで居って
女子供が紐《ひも》を一本選ぶにも
じぶんの個性を考えるなんという場合
菊の花だけ
白は紙のいろ黄は藁《わら》のいろでは
とても話になりません
むしろどんどんこういう場合

進んだ間色《かんしょく》を等賞に入れて
刺戟《しげき》しないとなりません）
（いや全《まった》くでございます）

花鳥図譜　第十一月

東北菊花品評会

（ええ会長に！）
（会長ということなしで
こんどはやって居《お》りますから）
（では審査長！）
（それもこんどは置きませず……）
（では誰《たれ》でもいい責任者！）
（責任ならば一同みんな……）
（そう　では名刺
わたしは五戸《ごのへ》の永田です）
（これはまことに
名刺を持って来ませんで）
（いやいや　そのまま！
私の方の花の荷物を解きますから

静かな室《へや》をお借りしたい
それからどなたか二三名
それに立会《たちあい》ねがいたい）
（では羽田さんとあなたとで）
（はあはあ）

肺炎

この蒼《あお》ぐらい巨《おお》きな室《へや》が
どうしておれの肺なのだろう
そこでひがんだ小学校の教師らが
もう四時間もぶつぶつ会議を続けている
ぽんぷはぽんぷでがたぴし云《い》う
手足はまるでありかもなにもわからない
もうそんなものみんなおれではないらしい
ただまあ辛《から》くもこう思うのがおれなだけ
なにを！　思うのは思うだけ

おれだか何だかわかったもんか
そんならおれがないかと云えば……
何を糞《くそ》！　いまごろそんな

〔以下空白〕

〔十いくつかの夜とひる〕

十いくつかの夜とひる
患《や》んでもだえていた間
寒くあかるい空気のなかで
千の芝罘《チーフー》白菜は
はじけるまでの砲弾になり
包頭連《パオトウレン》の七百は
立派な麺麭《パン》の形になった
ああひっそりとしたこの霜《しも》の国
ひっそりとしたすぎなや砂
しかも向こうでは川がときどき
不定な湯気をあちらこちらで爆発させ
　残丘《モナドノツク》の一列も
雪を冠《かぶ》って青ぞらに立つ

病んでいても
或《ある》いは死んでしまっても
こういう風に川はきれいに流れるのだ
白菜の膨《ふく》れた葉脈の間には
氷の粒が塡《うま》っていて
緑いろした鎧《よろい》の片のようでもある

〔早ま暗いにぼうと鳴る〕

〔冒頭原稿なし〕

早ま暗いにぼうと鳴る）

そうそう
水藻《みずも》の葉が酸素の泡《あわ》でからだを彩《いろど》り
おきなぐさの冠毛《かんもう》が
おのずと夕陽《ゆうひ》にひかるように
street girls よ
港の夜をよそおうもよかろう

〔このあるものが〕

このあるものが
無意識部から幻聴になって
おのずとはっきりわたくしに聴《きこ》えて来たのに対し
そのあるものをわたくしは
自分の円筒形をした通路に
遁《のが》れようとする
赤い紋《もん》ある爬虫《はちゆう》をとり出すほどの
そんなにつらく耐えがたい努力によって
酸素や影《かげ》の行われる
表面にまで将来した

装景家と助手との対話

一九二七、六、一、

そうさねえ

土佐絵その他の古い絵巻にある
禾草《かそう》の波とかがやく露《つゆ》とをつくるには
萱《かや》や、、、すべて水孔《すいこう》をもつものを用いねばならぬ
思うにこれらの朝露は
炭酸をも溶《と》かし含むが故《ゆえ》に
　屈折率も高くまた冷たいのであろう

苗代《なわしろ》の水を黒く湛《たた》えて
そこには多くの小さな太陽
また巨大なるヘリアンサスをかがやかしむる
　うん　わたくしは

いままで霧《きり》が多く溢出水《いっしゅつすい》なのに
どうして気がつかなかったのでございましょう
　　Gaillardox!　Gaillardox!

　そこを水際園といたしましたら
　どんな種類が適しましょうか
なぜわたくしは枝垂《しだ》れの雪柳を植えるか
十三歳の聖女テレジアが
水いろの上着を着　羊歯《しだ》の花をたくさんもって
小さな円《まる》い唇《くちびる》でうたいながら
そこからこっちへでてくるために
わたくしはそこに雪柳《ゆきやなぎ》を植える
　　Gaillardox!　Gaillardae!

〔島わにあらき潮騒《しほさゐ》を〕

島わにあらき潮騒を
うつつの森のなかに聴《き》き
羊歯《しだ》の葉しげき下蔭《したかげ》に
青き椿《つばき》の実をとりぬ

南の風のくるほしく
波のいぶきを吹き来れば
百千鳥《ももちどり》　すだきわぶる

三原の山に燃ゆる火の
なかばは雲に鎖《とざ》されぬ

〔二日月かざす刃《やいば》は音なしの〕

二日月
かざす刃は音なしの
みそらも二つと切りさぐる
その竜《りゅう》の介《すけ》

日は落ちて
鳥はねぐらにかへれども
ひとはかへらぬ修羅《しゅら》の旅

耕母黄昏《タソガレ》

カゼタチテ　コダチサワギ
トリトビテ　クレヌ
コラヨマタン　イザカヘレ
ユフゲタキテ　ヤスラハン

カゼタチテ　ホムギサワギ
クモトビテ　クレヌ
コラヨマタン　イザカヘリ
ユフゲタキテ　イコヒナン

〈「歌稿」余白より〉（〜二二三頁）

〔這《は》ひ松の〕

這ひ松の
なだらのはては雲に消え
息吐《つ》ける
阿部のたかしは
がま仙に消《に》る

〔われら黒夜に炬火《きよか》をたもち行けば〕

われら黒夜に炬火をたもち行けば
余燼《よじん》はしげく草に降り
……みだるゝ鈴蘭《すずらん》の樹液その葉のいかに冴《さ》ゆるかも……
その熔《と》くるがごとき火照《ほて》りに見れば
木のみどり岩のたちまひ
……余燼よしげく草に降り……
たゞならずしていとゞ恐《おそ》ろし

プジェー師丘《をか》を登り来る

漆《うるし》など
やうやくに
うすら赤くなれるを
奇《く》しき服つけしひとびと
ひそかに丘をのぼりくる

〔おしろいばなは十月に〕

おしろいばなは十月に
白き花咲き実を結ぶなり
その草に降る日ざしのなかに
おしろいばなはあわたゞしくも

〔アークチュルスの過ぐるころ〕

アークチュルスの過ぐるころ
本堂の縁側にて
月光にあたり居《を》りしに
わが爪《つめ》に魔《ま》が入りて
むらさきにかゞやきに出《い》でたり

〔小《ち》さき水車の軸棒よもすがら軋《きし》り〕

小さき水車の軸棒よもすがら軋り
そらは藍《あゐ》いろの薄き鋼《はがね》にて張られしかば
たとへその面を寒冷の反作用漲《みなぎ》るとも
裂罅《ひび》入らんことはありぬべし

〔線路づたひの　雲くらく〕

線路づたひの
雲くらく
きつねのさゝげ
黄のはな咲けり

〔病《や》みの眼《め》に白くかげりて〕

病みの眼に白くかげりて
白菜のたばはひかる、
荒れし手に銭をにぎりて
わが母のさびしきかなや

〔いなびかり雲にみなぎり〕

いなびかり雲にみなぎり
みちはこれま青《さを》き運河
みじろがず雪より白く
鬼百合《おにゆり》の花はいかれり

〔しゅうれえ　おなごどお〕

しゅうれえ
おなごどお
いまのうぢに
つらこすりなほせでぁと
大鼓《たいこ》たゝきのをのこ云《い》ひ
沈みたる
月のひかりは
なほのこりけり

〔肱《ひじ》あげて汗《あせ》をぬぐひつ〕

肱あげて汗をぬぐひつ
刈《か》りびとは夕陽《ゆふひ》はかなむ
赤草のわななくなかに
石のごと鳥は落ち入る

〔わが父よなどてかのとき〕

わが父よなどてかのとき
舎監《しやかん》らの前を去るとき
銀時計捲《ま》きたりしや

左端にて足そべらかし
体操の教師とかいふ
かの舎監わらひしものを

盛岡は今日人なきや
なんぞこの春のしづけさ

あな父よかの舎監長
求めよと云《い》ひしラムプや

バケツなどこの店にあり

ある恋

なんだこの眼《め》は　何十年も見た眼だぞ
昨日《きのう》も今日も問い答えしたあの眼だぞ
向こうもじっと見ているぞ
清楚《せいそ》なたましいただそのもの

〈「雨ニモマケズ手帳」より〉（～一二三六頁）

〔他の非を忿《いか》りて数ふるときは〕

他の非を忿りて数ふるときは
さながら大なる鬼神《きじん》のごとく
わづかに身の非を思へるときは
母そのうなゐを見るにも似たり

ロマンツェロ

あななつかしや　なつかしや
こは毘《び》沙門《しやもん》のおん矢なれ
天の功《く》徳《どく》のそが故《ゆゑ》に
事とてならぬ年なくて
はや身は老いし七十《ななそ》路《じ》の
すでにこゝろのたかぶりて
諸仏菩《ぼ》薩《さつ》をあなづりて
悪道近きをあはれみまして
射《い》て見たまひしおんかぶらやなり

〔この夜半《やはん》おどろきさめ〕

この夜半おどろきさめ
耳をすまして西の階下を聴《き》けば
ああまたあの児《こ》が咳《せき》しては泣きまた咳しては泣いて居《お》ります
その母のしずかに教えなだめる声は
合間《あいま》合間に絶えずきこえます
あの室《へや》は寒い室でございます
昼は日が射さず
夜は風が床下《ゆかした》から床板のすき間をくぐり
昭和三年の十二月私があの室で急性肺炎になりましたとき
新婚《しんこん》のあの子の父母は
私にこの日照る広いじぶんらの室を与え
じぶんらはその暗い私の四月病んだ室へ入って行ったのです
そしてその二月あの子はあすこで生まれました

あの子は女の子にしては心強く
凡《およ》そ倒れたり落ちたりそんなことでは泣きませんでした
私が去年から病《やまひ》ようやく癒《い》え
朝顔を作り菊《きく》を作れば
あの子もいっしょに水をやり
時には蕾《つぼみ》ある枝もきったりいたしました
この九月の末私はふたたび
東京で病み
向こうで骨になろうと覚悟していましたが
こたびも父母の情けに帰って来れば
あの子は門に立って笑って迎え
また階子《はしご》からお久しぶりでごあんすと声をたえだえ叫びました
ああいま熱とあえぎのために
心をととのえるすべをしらず
それでもいつかの晩は
わがないもやと云《い》ってねむっていましたが
今夜はただただ咳《せ》き泣くばかりでございます
ああ大梵天王《だいぼんてんのう》こよいはしたなくも

こころみだれてあなたに訴え奉《たてまつ》ります
あの子は三つではございますが
直立して合掌《がっしょう》し
法華《ほっけ》の首題も唱えました
如何《いか》なる前世の非にもあれ
ただかの病かの痛苦をば私にうつし賜《たま》わらんこと

〔聖女のさましてちかづけるもの〕

聖女のさましてちかづけるもの
たくらみすべてならずとて
いまわが像に釘《くぎ》うつとも
乞《こ》ひて弟子の礼とれる
いま名の故《ゆゑ》に足をもて
われに土をば送るとも
わがとり来しは
たゞひとすじのみちなれや

〔雨ニモマケズ〕

雨ニモマケズ
風ニモマケズ
雪ニモ夏ノ暑サニモマケヌ
丈夫《ヂヤウブ》ナカラダヲモチ
慾《ヨク》ハナク
決シテ瞋《イカ》ラズ
イツモシヅカニワラッテヰル
一日ニ玄米《ゲンマイ》四合《シガフ》ト
味噌《ミソ》ト少シノ野菜ヲタベ
アラユルコトヲ
ジブンヲカンジョウニ入レズニ
ヨクミキキシワカリ
ソシテワスレズ

野原ノ松ノ林ノ蔭《カゲ》ノ
小サナ萓《カヤ》ブキノ小屋ニヰテ
東ニ病気ノコドモアレバ
行ッテ看病《カンビヤウ》シテヤリ
西ニツカレタ母アレバ
行ッテソノ稲ノ束ヲ負ヒ
南ニ死ニサウナ人アレバ
行ッテコハガラナクテモイヽトイヒ
北ニケンクヮヤソショウガアレバ
ツマラナイカラヤメロトイヒ
ヒデリノトキハナミダヲナガシ
サムサノナツハオロオロアルキ
ミンナニデクノボートヨバレ
ホメラレモセズ
クニモサレズ
サウイフモノニ
ワタシハナリタイ

〔くらかけ山の雪〕

くらかけ山の雪
友一人なく
たゞわがほのかにうちのぞみ
かすかなのぞみを托《たく》するものは
麻《あさ》を着
けらをまとひ
汗《あせ》にまみれた村人たちや
全《まった》くも見知らぬ人の
その人たちに
たまゆらひらめく

〔仰臥《ぎようが》し右のあしうらを〕

仰臥し右のあしうらを
左の膝《ひざ》につけて
胸を苦しと合掌《がつしやう》し奉《たてまつ》る
忽《たちま》ち
われは巌頭《がんとう》にあり
飛《ひ》瀑《ばく》百丈《ひやくぢやう》
我右側より落つ
幾条の曲面汞《こう》の如《ごと》く
亦《また》命ある水の如く
落ちては
潒々轟々《だうだうがうがう》として
その脚《あし》を見ず
わが六根《ろくこん》を洗ひ

毛孔《けあな》を洗ひ
筋の一一《いちいち》の繊維を濯《すす》ぎ
なべての細胞を滌《そそ》ぎて
清浄なれば
また病苦あるを知らず
われ恍《くわう》として
前渓に日影の移るを見る

月天子《がってんし》

私はこどものときから
いろいろな雑誌や新聞で
幾《いく》つもの月の写真を見た
その表面はでこぼこの火口で覆《おお》われ
またそこに日が射しているのもはっきり見た
後そこが大へんつめたいこと
空気のないことなども習った
また私は三度かそれの蝕《しょく》を見た
地球の影《かげ》がそこに映って
滑《すべ》り去るのをはっきり見た
次にはそれがたぶんは地球をはなれたもので
最後に稲作の気候のことで知り合いになった
盛岡測候所の私の友だちは

――ミリ径の小さな望遠鏡で
その天体を見せてくれた
亦《また》その軌道や運転が
簡単な公式に従うことを教えてくれた
しかもおお
わたくしがその天体を月天子と称しうやまうことに
遂《つい》に何等《なんら》の障《さわ》りもない
もしそれ人とは人のからだのことであると
そういうならば誤りであるように
さりとて人は
からだと心であるというならば
これも誤りであるように
さりとて人は心であるというならば
また誤りであるように

しかればわたくしが月を月天子と称するとも
これは単なる擬人《ぎじん》でない

〈「兄妹像手帳」より〉（～一二六七頁）

〔鱗松《うろこまつ》のこずゑ氷雲にめぐり〕

鱗松のこずゑ氷雲にめぐり
秋草めぐりシグナルめぐれば
萱《かや》どての上に
写生する
よきおかっぱの子二人あり

小作調停官

西暦《せいれき》一千九百三十一年の秋の
このすさまじき風景を
恐《おそ》らく私は忘れることができないであろう
見給《みたま》え黒緑の鱗松や杉《すぎ》の森の間に
ぎっしりと気味の悪いほど
穂《ほ》をだし粒《つぶ》をそろえた稲が
まだ油緑や橄欖《かんらん》緑や
あるいはむしろ藻《も》のようないろして
ぎらぎら白いそらのしたに
そよともうごかず湛《たた》えている
このうち潜《ひそ》むすさまじさ
すでに土用《どよう》の七日には
南方の都市に行っていた画家たちや

ableなる楽師たち
次々郷里に帰ってきて
いつもの郷里の八月と
まるで違った緑の種類の豊富なことに愕《おどろ》いた
それはおとなしいひわいろから
豆いろ乃至《ないし》うすいピンクをさえ含《ふく》んだ
あらゆる緑のステージで
画家は曽《か》って感じたこともない
ふしぎな緑に眼《め》を愕かした
けれどもこれら緑のいろが
青いまんまで立っている田や
その藁《わら》は家畜《かちく》もよろこんで喰《た》べるではあろうが
人の飢《うえ》をみたすとは思われぬ
その年の憂愁《ゆうしゅう》を感ずるのである

〔丘々《をかをか》はいまし鋳型《いがた》を出《い》でしさまして〕

丘々はいまし鋳型を出でしさまして
いくむらの湯気ぞ漂《ただよ》ひ
蛇篭《じやかご》のさませし雲のひまより
白きひかりは射そゝげり
さてはまた赤き穂なせるすゝきのむらや
Black Swan の胸衣ひとひら
雲の原のこなたを過ぎたれ
ことし緑の段階のいと多ければと
風景画家ら悦《よろこ》べども
みのらぬ青き稲の穂の
まくろき森と森とを埋め
〔二字空白〕のさまの雲の下に
うちそよがぬぞうたてけん

あゝ野をはるに高霧して
イーハトヴ河
ましろき波をながすとや

〔盆地をめぐる山くらく〕

盆地をめぐる山くらく
わづかに削《そ》ぐ青ぞらや
稲は青穂をうちなめて
露《つゆ》もおとさぬあしたかな

〔topaz のそらはうごかず〕

topaz のそらはうごかず
峡《かひ》はいま秋風なくて
互《ぐ》の目なる小《ち》さき苗代《なはしろ》
ましろなる水を湛《たた》えて
をちこちに稲はうち伏《ふ》し
その穂《ほ》並《なみ》あるひはしろき
またブリキのいろなせる
蓮華《れんげ》には白き花さき
はるばると電柱は並み
はてにしてうちひらめける
温石《をんじやく》の青き鋸《のこぎり》
いと小さき軽便《けいべん》の汽車
ほぐろなるけむりをはきて

ことことと峡をのぼれる
丘々《をかをか》のすゝきも倒れ
蘆《あし》の葉ぞひとり鋭き
このときぞろぞろと軽鉄過ぎ
卵を日にすかし見る
鉄道役員とも見ゆる人や
さては四人の運送屋
同じき鋭きカラつけて
何かはしらずほくそゑみ
わらひて行けるものもあり

〔白く倒れし萱《かや》の間を〕

白く倒れし萱の間を
一つらの潑剌《はつらつ》たる鮎《あゆ》と
トマトの籠《かご》よき静物をたづさへて
みづからの需要《じゆえう》によるといふに非《あら》ずして
たゞもて銭にかへんとて
秋の風を行くめる

〔わが雲に関心し〕

わが雲に関心し
風に関心あるは
ただに観念《くわんねん》の故《ゆゑ》のみにはあらず
そは新《あら》たなる人への力
はてしなき力の源《みなもと》なればなり

〔われらぞやがて泯《ほろ》ぶべき〕

われらぞやがて泯ぶべき
そは身うちやみ　あるは身弱く
また　頑《かた》きことになれざりければなり
さあらば　友よ
誰《たれ》か未来にこを償《つぐな》え
いまこをあざけりさげすむとも
われは泯ぶるその日まで
たゞその日まで
鳥のごとくに歌はん哉《かな》
鳥のごとくに歌はんかな
身弱きもの
意久地《いくぢ》なきもの
あるひはすでに傷つけるもの

そのひとなべて
こゝに集《つど》へ
われらともに歌ひて泯《ほろ》びなんを

〔ねむのきくもれる窓をすぎ〕

ねむのきくもれる窓をすぎ
稲みなその穂《ほ》を重げなり

〔かくばかり天《てん》椀《わん》すみて〕

かくばかり天椀すみて
緑なる朝のなかを
馬ひきて重き荷かたげ
さては白き麻《あさ》の上着に
寛雅《かんが》なる恋をかたりて
ひとこゝをすぐると云《い》へや

〔樺《かば》と楢《なら》との林のなかに〕

樺と楢との林のなかに
大なる陰影《いんえい》の方室を
含みたるごときものあり
青き穂《ほ》そのうれをそろへ
日はさながら小《ち》さき鱗《うろこ》なせるごときありしか

〔黒緑の森のひまびま〕

黒緑の森のひまびま
青き稲穂《いなほ》のつらなりて
そら青けれど
みのらぬ九月となりしを
あまりにも咲き過ぎし
風にみだれて
あるいは曲り
あるは倒れし
Helianthus Gogheana かな

〔見よ桜には〕

見よ桜には
おのおの千の位置ありて
青々と日にかゞやけるあり

〔鎧窓《よろひまど》おろしたる〕

鎧窓おろしたる
車室の夢のなかに
乱世のなかの
西郷隆盛のごときおももちしたるひとありて
眉《まゆ》ひそめし友の
更《さら》に悪き亀《かめ》のごとき眼《め》して
暑さと稲の青きを怒《いか》れり
洋傘の安き金具に日は射して
貴紳のさまして
鎧窓の下を旅し
淡くサイダーの息はく
をのこぞあはれなり
そこに幾《いく》ひら雲まよひ

そこにてそらの塵《ちり》沈《しづ》めるを
二六時水あぐるてふ樋《とひ》の
みのらぬ稲に影《かげ》置ける
また立《たて》えりのえり裏返し
学生ら三四を連れ
肩《かた》いからして行けるものあり

〔気《き》圏《けん》ときに海のごときことあり〕

気圏ときに海のごときことあり
ひとときにふぐの如《ごと》き権勢をなすことあり
ことにその人たてがみあれば
ふぐのなかまの獅子《しし》とも見ゆれ

〔徒《と》刑《けい》の囚《しう》の孫なるや〕

徒刑の囚の孫なるや
大なる鎌《かま》をうちかたぎ
青ぞらをこそ闊歩《かつぽ》し来れる

〔九月なかばとなりて〕

九月なかばとなりて
やうやくに苹果《りんご》青のいろなせる稲の間を
農事試験場三十年の祭見に行くといふ人々に伴ひて
あしたはやく急ぎ行きしに
蜂《はち》の羽の音しげく
地平のはてに汽車の黒きけむりして
エーテルまたはクロ、フォルムとも見ゆる
高霧《たかぎり》あえかに山にかゝりき

〔高圧線は　ことなく〕

高圧線は　ことなく
けはしき霧《きり》に　立ちたれど
碍子《がいし》の数は　いかめしき
電話の線を　あなづりて
丁場《ちやうば》丁場の　尺ごとに
蜘蛛《くも》その網《あみ》を　はりわたし
あきつの翅《はね》と　霧をもて
あしたあやしく　かゞやきにけり

〔苹果《りんご》青に熟し〕

苹果青に熟し
またはなほに青い
試験の稲の十のポットや
エナメルにて描ける
グラスの板の前に
物説《ものと》くさまに腰《こし》かけて
空気は夜を淡くにごり
燈や丶にうみしころ
楚々《そそ》として試験の稲の説明を読み
楚々として過ぎたる乙女《をとめ》

〔南方に汽車いたるにつれて〕

南方に汽車いたるにつれて
何ぞ泣くごとき瞳《ひとみ》の数の多きや
そは辛酸《しんさん》の甚《はなはだ》しきといふのみにはあらず
北方に自然のなほ愍《あはれ》むるものあり
南方にたゞ人の冷たきあるのみ

〔妹は哭《な》き〕

妹は哭き
兄は小松の梢《こずゑ》を見き

〔かくてぞわがおもて〕

かくてぞわがおもて
いやしくものはみあげつらふ
テートの類に劣るといふや
しかくぞつひに定まりて
われまたこれをうべなへば
わが世をあげて癒《い》ゆるなき
今日のこの日にわざはひあれ
麦は黄ばみてすでに熟《う》れ
雲はあらたなる雨をもてくれぱと
ひとびと祝しよろこべども
われにはなべてことならね

〔物書けば秋のベンチの朝露《あさつゆ》や〕

物書けば秋のベンチの朝露や
コンクリートの裏玄関の
女看視《かんし》の頭《つむ》りあらはれ
鍵《かぎ》もてひらけば二人なり
すでにひらけし
表戸のまっ正面の街路をば
撒水車《さんすいしや》白き弓して水まきくる

〔融《ゆう》鉄《てつ》よりの陰《いん》極線《きよくせん》に〕

融鉄よりの陰極線に
なかば眼《め》を廃《はい》しつゝ
薄暮とさびしき竹の風のなかに
耳を尖《とが》らしうちゐる技師の
まこと不遇にあらざりせば
畳《たた》まざるらんあやしき皺《しわ》
嘲《あざ》けるごとくその唇《くちびる》を囲みたらずや

〔さあれ十月イーハトーブは〕

さあれ十月イーハトーブは
電塔ひとしく香氛《こうふん》を噴く
雲ひくくしてひかると云《い》はゞ
なほなれ雲に関心するやと
闘《たたか》ひ索《もと》める友らそしらん

……えならぬかをりときめくは
いかなる雲の便りぞも……

白服は
八月に一度洗って
またうすぐらくすゝけたし
二百二十日を過ぎたのに

稲は青くて立ってるよ

〈「孔雀印手帳」より〉（～二七六頁）

〔かの iodine の雲のかた〕

かの iodine の雲のかた
三番廐《きう》に用ありと
をとめはさきに行きけるを
いまこの道をもどり来て
柳の絮《わた》はしきりに飛び
松の風鳴れども
をとめが去りしかなたには
雲ひっそりと音もなく
山の茶褐《ちやかつ》の脈の上を
雲影次次すべり行けり

あゝ俄《には》かにもその緑なる
まぐさの丘《をか》の天末線《てんまつせん》より
赤又《また》青の巾《きん》したる
をみな鎌《かま》をたづさへて
あらはれ出でぬ

〔朝日は窓よりしるく流るゝ〕

朝日は窓よりしるく流るゝ
朝日を受けた
巾《きん》もてかしらをつゝめる子
中学生らのなかにまじりて
いとあえかに心みだるゝさまなり

人うち倦《う》みて窓よりは
塵《ちり》を射込ませる光の棒を
その子はやくつかれしか
ぼんやりとして前を見る

〔雲影滑《すべ》れる山のこなた〕

雲影滑れる山のこなた
樺《かば》の林のなかにして
黒きはんかち頸《くび》に巻きし
種畜場の事務員と
エプロンつけしその妻と
楊《やなぎ》の花のとべるがなかに
まぶしげに立ちてありしを
赤靴《あかぐつ》などはき
赤き鞄《かばん》など持ち
また炭酸紙にて記したる
価格表などたづさへて
わが訪《おとな》ひしこそはづかしけれ
今年はすでに予算なければ

来年などと云《い》ひしこと
山にては雲かげ次々すべり
楊に囲まれし
谷の水屋絶えずこぼこぼと鳴れるは
げにわがいかなるこゝろにて
訪《と》はゞ心も明るかりけん

〔朝は北海道の拓《たく》植《しょく》博覧会へ送るとて〕

朝は北海道の拓植博覧会へ送るとて
標本あまたたづさへ来《きた》り
それが硬度のセメントに均《ひと》しく
色彩宇《う》内《だい》に冠たりなど
或《ある》いはこれがひろがりは
大連蠣殻《かきがら》の移入を防遏《ぼうあつ》すべき点
殊《こと》に審査を乞《こ》ふなどと
やや心にもなきこと書きて
県庁を立ち出でたりけるに
ときに小都を囲みたる
山山に雲低くして
木々泣かまほしき藍《あゐ》なりけるを
出でて次々米搗《つ》ける

門低き家また門広く乱れたる
家々を
次より次とわたり来《きた》り
おのもにまことのことばもて
或《ある》いはことばや丶低く
或いは闘《たたか》ふさまなして
二十二軒《けん》を経《へ》めぐりて
夕暮小都のはづれなる
小《ち》さき駅にたどり来れば
駅前の井戸に人あまた集まり
黒き煙《けむり》わづかに吐《は》けるポムプあり
余りに大なる屈《くつ》たう性は
むしろ脆弱《ぜいじゃく》といふべきこと
禾本《かほん》の数に異らずなど
こ丶ろあまりに傷《いた》みたれば
口うちそ丶ぎいこはんと
外《と》の面《も》にいづればいつしか
ポムプことことことうごきゐて

児《こ》らいぶかしきさまに眉《まゆ》をひそめみる
「この水よく呑《の》むべしや」と戯《たはむ》るゝに
(通)のはんてん着たる
肩《かた》はゞ広きをのこ立ちありて
「何か苦しからんいざ召《めし》たまへ」とて
蛇管《じやくわん》の口をとりてこれを揚げるに
水いと烈《はげ》しく噴きて児《こ》ら逃げ去る
すなはち笑《ゑ》みて掬《すく》はんとするに
時に水すなはちやめり
をのこ
「こは惜《を》しきことかな
いま少し早く来り給はゞ」
といと之《これ》を惜しむさまなり
われすなはち
とみに疲れ癒《い》え
全身洗へるこゝちして立ち
雲たち迷ふ青黒き山をば望み見たり
そは諸仏菩薩《ぼさつ》といはれしもの

つねにあらたなるかたちして
うごきはたらけばなり

〈「GERIEF手帳」より〉（〜二八〇頁）

〔青ぞらにタンクそばたち〕

青ぞらにタンクそばたち
容量を一〇〇と名乗りつ
青き旗せはしく振られ
杉の影《かげ》ひたにうつれば
杉たてる丘《をか》のかなたに
かの川のうち流るらし
かの丘のかなたのそらに
工場長いまかもひとり
広き肩《かた》日射しに張りて
たよりなくさまよひすらん

さてはまた竹うち生《お》ふる
かの崖《がけ》の上をもとほり
発破《はっぱ》長の伊藤工手が
煙硝《えんせう》のけむりのたえま
いと渋《しぶ》くほゝゑみぬらん

〔黄と橙《だいだい》の服なせし〕

黄と橙の服なせし
唐子《からこ》に似たるひとりの児《こ》
桜ともアカシヤともつかぬ
奇怪なる木のま下より
こぼるゝごとくに立ち出づる

〔中風《ちゆうぶう》に死せし新　が〕

中風に死せし新〔一字空白〕が
かつてこゝらの日ざしのなかの
蕗《ふき》の茎たつ長方形の草地をば
みなことごとに截《き》りとりて
広軌《くわうき》にせんと云《い》ひしとか

〈「王冠印手帳」より〉（～二八八頁）

〔雪のあかりと〕

雪のあかりと
杉の房の下にして
黄のあらかべの小屋の軒《のき》近く
泯《ほろ》びし手工業《ハンデクラフト》のなごりとばかり
むかしはさこそなしにけん
いとやと染めし一尺の
紺《こん》ののれんを巻きにけり
桑《くわ》の条《すぢ》ひかりてのびる

〔丘《をか》にたてがみのごとく〕

丘にたてがみのごとく
ひのきたちならべる

〔梢《こずゑ》あちこち繁《しげ》くして〕

梢あちこち繁くして
氷雲の下に織りたるは
やどりぎかとも見えたれど
その黒くして陰気なる
緑金《りよくきん》いろをなさざるは
この丘なみの樺《かば》の木の
天狗《てんぐ》巣《す》群とおぼゆなれ

〔はるばると白く細きこの丘の峡田《はけた》に〕

はるばると白く細きこの丘の峡田に
施さん石灰抹《まつ》を求むとて
さびしくわれの今日旅する

〔そゝり立つ江《え》釣《づり》子《こ》森の岩《がん》頸《けい》と〕

そゝり立つ江釣子森の岩頸と
枝みだれたる雪の松
枝すぐならぬ雪の松
そらのけぶりにうちみだれ
か黒き針を垂《た》るゝとか

余りに大なる屈撓《くったう》性は
無節操とぞそしられぬ
県官をとはんとて
今日わがひとり行けば
電線あやふく雲に上下し
保線工夫のひとびとの
空きし車室のかたすみに

さびしくもだして腰掛《こしか》くる

〔たまたまに　こぞりて人人購《あがな》ふと云《い》へば〕

たまたまに
こぞりて人人購ふと云へば
夜もねむらずたかぶれる
わがこゝろこそはかなけれ
さあれば今日は人なべて
情なきさまにうち笑《ゑ》みて
松うちゆする雨ぞらに
さびしくそぼちわが立てば
つかれやぶれし廃駅の
はかなき春を金巾《かなきん》の
黄格子《かうし》縞《じま》の外套《ぐわいたう》と
大人のさまに頬《ほほ》かぶれる
児《こ》をつれ行ける母もあり

〔光と泥《どろ》にうちまみれ〕

光と泥にうちまみれ
わづかに食《は》めるひとびとを
ひとひ機械のとゞろきに
石うち砕くもろびとの
手なるわづかの食みものを
けづりて老いてさらばへる
媼《おうな》にこそは与へしは
われはひとりの鬼なれや

〈「「装景手記」ノート」より〉（〜二九四頁）

〔奥中山の補充部にては〕

奥中山の補充部にては
どてはるばるとめぐらせる
ラリックスのうちに
青銅いろして
その枝孔雀《くじやく》の尾羽根のかたちをなせる
変種たしかにあり

〔朝ごとに見しかの丘《をか》も〕

朝ごとに見しかの丘も
いまははるかのみどりにて
雨さへ窓をうちたれば
きみがまちとて見えわかず

去りしがゆゑにひとつきの
つとめをはりていまきみの
しばしはこゝろやすらはん
そのことわれにいとかなし

鮮人鼓《こ》して過ぐ

肺炎になってから十日の間
わたくしは昼もほとんど恍惚《こうこつ》とねむっていた
さめては息もつきあえず
わずかにからだをうごかすこともできなかったが
つかれきったねむりのなかでは
わたくしは自由にうごいていた
まっしろに雪をかぶった
巨《おお》きな山の岨《そわ》みちを
黄いろな三角の旗や
鳥の毛をつけた槍《やり》をもって
一列の軍隊がやってくる

〔ああそのことは〕

ああそのことは
どうか今夜は云《い》わないでください
半分焼けてしまった肺で
からくもからくも
炭酸を吐《は》き
わずかの酸素を仰ぐいま
どうしてそれがきめられましょう
ああそのことは
健康な十年の思索も
ついに及ばぬものなのです
その爆弾が
わたくしの頭の中でまっしろに爆発すれば

そこに湧《わ》くはげしい熱や
血を凍《こお》らせる悪瓦斯《ガス》を
もうわたくしははきだすことも
洗い去ることもできないのです

〔雨が霙《みぞれ》に変わってくると〕

雨が霙に変わってくると
室《へや》はよどんで黄いろにくらく
仰《あお》いでさびしく息すれば
おおまた左肺よ左肺のなかに
にごったルビーの洋燈《ランプ》がともる

〈「青表紙ノート」より〉（〜二九七頁）

〔穂《ほ》を出しはじめた青い稲田が〕

穂を出しはじめた青い稲田が
つかれのなかに匆忙《そうぼう》と消え
縮《ちぢ》れてひかる七月の雲や
組合小屋の亜鉛《あえん》のやねから
さわやかな rice marsh のひるすぎを
町へ芝居の脚本をとりに行く
組合主事は雲鶴声《うんかくせい》と名のり
傘松《かさまつ》やはやくもわたる秋の鳥
あるいははるかなかすみのはてに
あいなくそびえる積雲の群

まっしろなそらと
いま穂を出したすすきの波と
B. Gant Destupago は大きな黒の帽子《ぼうし》をかぶり
Faselo はえりおりの白いしゃつを着て
rake をかついであとから行く
酸性土壌で草も育たぬのに
小松はたいへん荒っぽく
その針痛い野はらです
ああひるすぎのつかれのなかに
むしろ寒天凮にもけぶり
むしろ液体状にも青く
膠朧《こうろう》として過ぎて行く
線路の岸の萓《かや》むらです

〔雨すぎてたそがれとなり〕

雨すぎてたそがれとなり
森はたゞ海とけぶるを

〔停車場の向こうに河原があって〕

停車場の向こうに河原があって
みずがちょろちょろ流れているると
わたしもおもいきみも云《い》う
ところがどうだあの水なのだ
上流で猊鼻《げいび》の巨きな岩を
碑のようにめぐったり
滝にかかって佐藤猊巌《げいがん》先生を
幾《いく》たびあったがせたりする水が
停車場の前にがたぴしの自働車が三台も居て
運転手たちは日に照らされて
ものぐさそうにしているのだが
ところがどうだあの自働車が
ここから横沢《よこさわ》へかけて
傾配つきの九十度近いカーブも切り
径一尺の赤い巨礫《きょれき》の道路も飛ぶ
そのすさまじい自働車なのだ

エスペラント詩稿

Printempo.

Mi poŝtos mia ĉevalon
prenonte
neĝoradiata yuna herbon.

Mateno.

Arĝenta matenonuboj
kovras
maldefinita torfkampon.

Vespero.

Stratusoj dependiĝas sur la montoj,
Millioj flustras en sekreta kastorueno.

Loĝadejo.

La suda vilaĝo novludoforma,
Diras ke nevolas loĝonte min.
...Ah, arĝentaj monadoj,
Kaj pluvo de helbet-glanoj. ...
Kia brileco de aero!
Mi intensas ekkuri.

Senrikolta Jaro.

Sinjoro, la altplatajo estas pro malluma,
Kaj du glaciejoj ekaperis tie.
    (Fine venis la malbona jaro.)
Ĉiaj cidroj ŝanĝiĝis en algegoj,
Birdoj poste birdoj falis kiel ŝtonetoj.
    (Tio estas la Gogh en Ĥino.)
Nun tondras en la sesa cielo.
Kamparanoj jam kunvenis sur la flava monteto.
    (Estu pleta mia vagonaro.)
Jes, certe, Sinjoro.

Projekt kaj Malesteco.

...Knaboj ordeme vestiĝe,
Kaj rigardas arogante...
La suno jam eniris en stratokurasoj,
Blanke ekbriliĝas la riveroglacio.
...Lau mia arko,
Frostas vidovojo...

〔La koloroj, kiu ekvenas en mia dormeto,〕

La koloroj, kiu ekvenas en mia dormeto,
estas ofte soleca
kiel la maro.

〔Mi estis staranta nudapiede,〕

Mi estis staranta nudapiede,
En oktobra tomato farmo
Kio nuboj faliĝanta.

歌曲

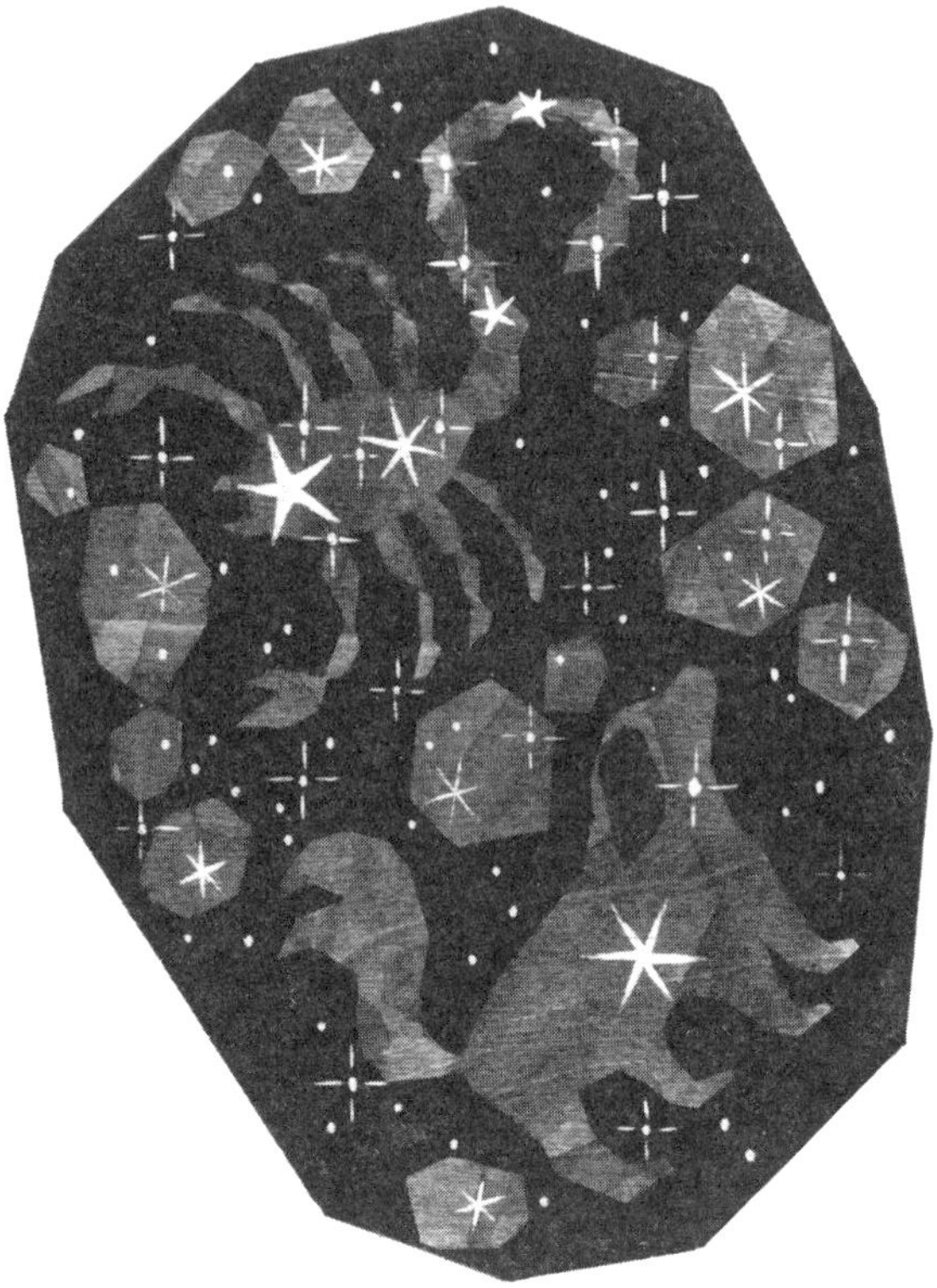

星めぐりの歌

あかいめだまの　さそり
ひろげた鷲《わし》の　つばさ
あおいめだまの　小いぬ
ひかりのへびの　とぐろ
オリオンは高く　うたい
つゆとしもとを　おとす

アンドロメダの　くもは
さかなのくちの　かたち
大ぐまのあしを　きたに
五つのばした　ところ
小熊のひたいの　うえは

そらのめぐりの　めあて

あまの川

あまのがわ
岸の小砂利《こじゃり》も見いえるぞ。
底のすなごも見いえるぞ。
いつまで見ても
見えないものは水ばかり。

花巻農学校精神歌

(一)日ハ君臨シ　カガヤキハ
白金ノアメ　ソソギタリ
ワレラハ黒キ　ツチニ俯《フ》シ
マコトノクサノ　タネマケリ

(二)日ハ君臨シ　穹窿《キユウリユウ》ニ
ミナギリワタス　青ビカリ
ヒカリノアセヲ　感ズレバ
気圏ノキハミ　隈《クマ》モナシ

(三)日ハ君臨シ　玻璃ノマド
清澄《セイチョウ》ニシテ　寂《シヅ》カナリ
サアレマコトヲ　索《モト》メテハ
白堊《ハクア》ノ霧モ　アビヌベシ

(四)日ハ君臨シ　カガヤキノ
太陽系ハ　マヒルナリ
ケハシキタビノ　ナカニシテ
ワレラヒカリノ　ミチヲフム

角《かく》礫《れき》行進歌

（Faust Grand March の譜による）

（花巻農学校精神歌）

氷霧《ひようむ》はそらに鎖《とざ》し
落葉松《ラーチ》も黒くすがれ
稜礫《りようれき》の　あれつちを
やぶりてわれらはきたりぬ

かけすの歌も途絶《とだ》え
腐植質《フームス》はかたく凍《こご》ゆ
角礫のかどごとに
はがねは火花をあげ来し

（天のひかりは降りも来ず
天のひかりは注ぎ　来ず
天のひかりは射しも来ず）

黎明《れいめい》行進歌
（花巻農学校精神歌）

蛇紋山地《じやもんさんち》の　赤きそら
雲すみやかに過ぎ行きて
夢死《むし》とわらはん田園の
黎明いまは果てんとす

銹《さ》びし五日《いつか》の　金の鎌《かま》
かの山稜《さんりよう》に　落ち行きて
われらが犂《すき》の　燦転《さんてん》と
朝日の酒は　地に充てり

起てわが気圏《きけん》の戦士らよ
暁《あかつき》すでに　やぶれしを
いま角礫《かくれき》のあれつちに

リンデの種子《たね》をわが播《ま》かん

とりいれの日は遠からず
微風緑樹《びふうりよくじゆ》の　荘厳《しやうごん》と
禾穀《くわこく》の浪《なみ》は　きららかに
歓呼《くわんこ》は天も　応《こた》へなん

ふるふ地平の紺《こん》の上
広き肩なすはらからよ
げに辛酸《しんさん》のしろびかり
になひてともに過ぎ行かん

イギリス海岸の歌

Tertiary the younger Tertiary the younger
Tertiary the younger Mud-stone
あおじろ日破《ひわ》れ　あおじろ日破れ
あおじろ日破れに　おれのかげ

Tertiary the younger Tertiary the younger
Tertiary the younger Mud-stone
なみはあおざめ　支流はそそぎ
たしかにここは修羅《しゅら》のなぎさ

"IHATOV" FARMARS' SONG
（ポラーノの広場のうた）

つめくさ灯ともす　夜のひろば
むかしのラルゴを　うたひかはし
雲をもどよもし　夜風にわすれて
とりいれまぢかに　年ようれぬ

まさしきねがひに　いさかふとも
銀河のかなたに　ともにわらひ
なべてのなやみを　たきゞともしつゝ
はえある世界を　ともにつくらん

種《たね》山《やま》ヶ原《はら》

春はまだきの朱雲《あけ》を
アルペン農の汗に燃し
縄《なわ》と菩提樹皮《マダカ》にうちよそひ
風とひかりにちかひせり
　四月は風のかぐはしく
　雲かげ原を超えくれば
　雪融《ゆきど》けの草をわたる

繞《めぐ》る八谷《やたに》に劈靂《へきれき》の
いしぶみしげきおのづから
種山ヶ原に燃ゆる火の
なかばは雲に鎖《とざ》さるゝ
　四月は風のかぐはしく

雲かげ原を超えくれば
雪融《ゆきど》けの草をわたる

〔弓のごとく〕

弓のごとく
鳥のごとく
昧爽《まだき》の風の中より
家に帰り来れり

大菩薩峠の歌

二十日月《はつかづき》かざす刃《やいば》は音無しの
　虚空《こくう》も二つときりさぐる
　　その竜之助

風もなき修羅のさかひを行き惑《まど》ひ
　すすきすがるるいのじ原
　　その雲のいろ

日は沈み鳥はねぐらにかへれども
　ひとはかへらぬ修羅の旅
　　その竜之助

耕母黄昏《たそがれ》

風たちて樹立《こだち》さわぎ
鳥とびてくれぬ
子らよ待たん　いざかへれ
夕餉《ゆふげ》たきてやすらはん

風たちて穂麦さわぎ
雲とびてくれぬ
子らよ待たん　いざかへり
夕餉たきていこひなん

句稿

俳句

岩と松峠《たうげ》の上はみぞれのそら

五《ご》輪《りん》塔《たふ》のかなたは大野みぞれせり

つゝじこなら温石《をんじやく》石のみぞれかな

（詩「一六　五輪峠」下書稿(二)）

おもむろに屠《と》者《しや》は呪《じゆ》したり雪の風

鮫《さめ》の黒《くろ》肉《み》わびしく凍《こほ》るひなかすぎ

（詩「四一五　〔暮れちかい　吹雪の底の店さきに〕」下書稿(二)）

雲ひかり枕木《まくらぎ》灼《や》きし柵《さく》は黝《くろ》し

（「歌稿〔B〕」361）

魚《ぎよ》燈《とう》して霜《しも》夜《よ》の菊《きく》をめぐりけり

灯に立ちて夏葉の菊のすさまじさ

東北大会

斑《はん》猫《めう》は二席の菊に眠りけり

東北大会

緑礬《りよくばん》をさらにまゐらす旅の菊

東北大会

たそがれてなまめく菊のけはひかな

東北大会

魚燈してあしたの菊を陳《なら》べけり

東北大会

夜《よ》となりて他《た》国《こく》の菊もかほりけり

狼《らう》星《せい》をうかゞふ菊の夜《よ》更《ふけ》かな

その菊を探りに旅へ罷《まか》るなり

たうたうとかげらふ涵《ひた》す菊の丈《たけ》

秋田より菊の隠《おん》密《みつ》はいり候《そろ》

花はみな四《よ》方《も》に贈りて菊日《び》和《より》

菊株《かぶ》の湯《ゆ》気《げ》を漂《ただよ》ふ羽《は》虫《むし》かな

東北大会

水《みづ》霜《じも》をたもちて菊の重さかな

（「装景手記」ノート）

霜《しも》先《さき》のかげらふ走る月の沢

西東《にしひがし》ゆげ這《は》ふ菊《きく》の根《ね》元《もと》かな

（詩「四一〇　車中」下書稿裏面）

狼《らう》星《せい》をうかゞふ菊のあるじかな

大管《たいくわん》の一日ゆたかに旋《めぐ》りけり

鶻《たか》呼ぶやはるかに秋の濤《なみ》猛《たけ》り

（無罫詩稿用紙）

鳥屋根を歩く音して明けにけり

ごみごみと降る雪ぞらの暖かさ

（奉書紙）

連句

〔（　）を付した前句は、賢治以外の作〕

（大根のひくには惜《を》しきしげりかな）〔＝佐藤二岳〕
稲上げ馬にあきつ飛びつゝ
或《あるい》ハ、瘠《や》せ土ながら根も四尺あり　圭
（膝《ひざ》ついたそがれダリヤや菊盛《さか》り）
雪早池峰《はやちね》に二度降りて消え
或は、町の方にて楽隊《がくたい》の音《ね》
（湯あがりの肌《はだ》や羽山《はやま》に初紅葉《もみぢ》）
滝《たき》のこなたに邪魔《じやま》な堂あり
或は、水禽園《すいきんゑん》の鳥ひとしきり

（佐藤二岳あて書簡）

藤原御曹子《おんざうし》満一歳の賀《が》に

おのおのに弦《げん》をはじきて賀やすらん　清
風の太郎が北となるころ　圭
一《いち》姫《ひめ》ははや客分の餅《もち》負《お》ひに　清
電車が渡る橋も灯《とも》れり　圭
ほんもののセロと電車がおもちやにて　圭
（この下は菟《と》氏《し》にねがふと爾《しか》曰《いふ》）

（藤原嘉菟治あて書簡）

車中にて

（ごた〱や女角力《をんなずまふ》の旅帰り）〔＝不明〕
稲熟《う》れ初《そ》めし日《ひ》高野《だかの》のひる

（兄妹像手帳）

（神《かみ》の井《ゐ》は流石《さすが》に涸《か》れぬ旱《ひでり》かな）〔＝大橋無価〕
垣《かき》めぐりくる水引きの笠《かさ》

（広告の風船玉や雲の峰《みね》）
凶作沙汰《きようさくざた》も汗《あせ》と流るゝ
（あせる程《ほど》負ける将棊《しやうぎ》や明易《あけやす》き）
浜のトラックひた過ぐる音
（橋下りて川原《かはら》歩くや夏の月）
遁《に》げたる鹿《しか》のいづちあるらん
（飲むからに酒旨《うま》くなき暑《あつ》さかな）
予報は外《そ》れし雲のつばくら
（忘れずよ二十八日虎《とら》が雨）
その張りはなきこの里の湯女《ゆな》
（三味線《しやみせん》の皮に狂ひや五月雨《さつきあめ》）
名入りの団扇《うちは》はや出きて来る

（夏まつり男女の浴衣《ゆかた》かな）
訓練主事は三の笛吹く
（どゞ一《いつ》を芸者に書かす団扇《うちは》かな）
古びし池に河鹿《かじか》なきつゝ
（引き過ぎや遊女《いうぢよ》が部屋に入る蛍《ほたる》）
繭《まゆ》の高値も焼石《やけいし》に水

（「東北砕石工場花巻出張所」用箋）

凡例

本コレクションは、『新校本　宮沢賢治全集』（筑摩書房）を底本とし、『新修宮沢賢治全集』、新潮文庫『新編　風の又三郎』『新編　銀河鉄道の夜』『注文の多い料理店』『ポラーノの広場』『新編　宮沢賢治詩集』等を参考にして校訂し、本文を決定しました。〔　〕のついた作品題名は、無題あるいは題名不明の作品の冒頭一行を仮題名としたものです。

本文は、短歌・俳句（連句）・文語詩・文語短唱以外は、現代仮名づかいに改めました。また、本文中に使用されている旧字・正字について、常用漢字字体のあるものはそれに改めました。

また、読みやすさを考え、句読点を補い、改行を施し、また逆に句読点を削除した箇所があります。

さらに、常用漢字以外の漢字、宛字、作者独自の用法をしている漢字を中心として、読みにくいと思われる漢字には振り仮名をつけ、送りがなを補いました。「一諸」「大低」などのように作者が常用しており、当時の用法として必ずしも誤りとは言えない用字や表記についても、現代通行の標準的用字・表記に改めたものがあります。

今日の人権意識に照らして不当・不適切と思われる、人種・身分・職業・身体障害・精神障害に関する語句や表現については、時代的背景と作品の価値にかんがみ、そのままとしました。

本文について

杉浦　静

本巻には、「三原三部」として口語詩三篇、「東京」として、口語詩七篇及び短歌・短唱集「〔東京〕」、「装景手記」として口語詩三篇、「疾中」全二九篇、「補遺詩篇」九四篇、「補遺詩篇補遺」一篇、「エスペラント詩稿」八篇を収録し、さらに「歌曲」として歌曲の歌詞一一篇、「句稿」として俳句二七句と連句・付句一五組二〇句、を収めた。

これらは、原稿用紙を含む独立した紙葉や、草稿余白、ノート、手帳等に書かれた詩稿であり、本セレクション第6・7・8巻〈春と修羅〉及びその関連稿・「口語詩稿」に収録されなかったすべての口語詩、及び第10巻収録の「文語詩」以外の文語の詩からセレクトされたものである。

なお、本巻収録詩篇には文語体と口語体が用いられているが、文語体は歴史的仮名づかい、口語体は現代仮名づかいで整えた。振り仮名についても、文語体の作品は歴史的仮名づかい、口語体の作品は現代仮名づかいで振った。

宮沢賢治は、小学校時代に、和語については歴史的仮名づかい、漢字（漢語）については表音式仮名づかいを教えられ、中学校以後は、和語・漢語ともに歴史的仮名づかいを用いるようになった。たとえば、小学四年生時の作文では、漢語「養蚕」を「よーさん」と、棒引き使用の表記をしており、これが正しい仮名づかいであった。中学校入学以降は、漢字音の表記についても学び直しをしたわけで、そのためか、後年になっても漢字音の表記については、しばしば、表音式仮名づかいが混じることがあった。本巻では、前記のように文語体の作品については歴史的仮名づかいで表記を統一したが、たとえば、「雨ニモマケズ」の「デクノボー」などのように、自筆表記を尊重して表音式仮名づかいの表記を残したものもある。

「三原三部」は、表紙に「三原三部」と書かれたノート中の、一九二八（昭和三）年六月の大島行を題材にした三部作の詩篇（心象スケッチ）である。スケッチに付された日付は「一九二八、六、一三」から「一九二八、六、一五」までの三日間である。しかし、実際には、十二日午前の船で出発し、十五日夕刻着の船で帰着したと推定されている。東京・霊岸島から出発し、大島にて伊藤七雄の農芸学校開設のための助言や土壌調査、農園の装景をして、帰途に就くまでの心象のスケッチが、三部に構成されたものである。携行した手帳（三原三部手帳）へ記入された第一稿が、一九三〇（昭和五）年頃にノート（「三原三部」ノート）に推敲しつつ転記された。ノート稿は空行・空白の多い未定稿であるが、その最終形態を本文とした。なお、このノートの規格は、「東京」ノート、「装景手記」ノートと同一である。

「東京」は、表紙に「東京」と書かれたノート中の詩篇（心象スケッチ）及び短歌・短唱集「〔東京〕」からなる。このノートは、「三原三部」ノート、「装景手記」ノートと同一規格である。一九二八（昭和三）年六月八日から下旬にいたる東京滞在中に手帳（一部が現存）等に記した心象スケッチ、及び、それ以前に書かれた東京を題材にした短歌や短唱を集成したもの。短歌短唱集をノートの中央部に配して、前後に日付順に詩篇が並ぶ。詩篇は鉛筆で記され、「〔東京〕」の章は赤インクで記されている。「〔東京〕」の短歌は、歌稿から抜粋したもの、短唱は「冬のスケッチ」に引き続いて大正十年頃に書かれた短唱集（現存せず）からの抜粋と推定される。詩篇は、浮世絵展や、東京の先端の都市風俗・情景等を批判的眼差しでスケッチしたものだが、「春と修羅　第三集」からの新たな展開である構成派風の詩も含まれている。

詩篇には鉛筆での記入の後、数種の異なった鉛筆による手入れがあり、その後に赤インクによる大幅な手入れがなされている。赤インクによる手入れは、文語詩へ改作するためのものであるので、鉛筆段階の最終形態を本文とした。「〔東京〕」の各篇は赤インクで書かれ、同インクでの書きながらあるいは直後の手入れがある。赤インク記入の最終形態を本文とした。

「装景手記」は、表紙に「装景手記／一九二七・六／一九二八・六／一九二九・六」と書かれたノート中の詩「装景手記」、及び同ノートから分離されたノート用紙への記入稿「〔澱った光の澱の底〕」、同様の別ノート用紙記入稿「華麗樹種品評会」の三篇からなる。このノートは、「三原三部」ノート、「東京」ノートと同一規格である。イーハトーブの自然や田園の風景を「装景」しようとする「装景手記」は、一九二七（昭和二）年六月の、岩手軽便鉄道の車内における「装景手記手帳」へのスケッチにはじまる。また、「〔澱った光の澱の底〕」は、一九二八（昭和三）年六月末に、東京からの帰郷後農村活動を再開するにあたって書かれたものである。「華麗樹種品評会」は、詩篇付載の日付から、一九二七年九月頃に書きはじめられたと推定される。一九二九（昭和四）年六月以降、これらはそれぞれ「「装景手記」ノート」に鉛筆を用いて推敲しつつ記入された。「装景手記」については、ノート記入後、赤インクによって文語詩化のための手入れが行われたが、不徹底なまま中断しているので、鉛筆記入段階の最終形態を本文とした。「〔澱った光の澱の底〕」及び「華麗樹種品評会」は、鉛筆記入段階で推敲は終了しているので、その最終形態を本文とした。

「装景手記」ノートには、これら三篇以外にも、一九二八（昭和三）年夏からの疾病中の詩篇草稿や俳句下書きなどが書かれている。これらの記入と表紙の「一九二九・六」という日付は関わりがあると推定されるが未詳である。なお、これらの草稿や句稿は本巻（補遺詩篇・句稿）に収録されている。

「疾中」は、「疾中」というラベルの付いた黒クロース表紙にはさまれていた詩篇群である。ラベル記入の日付「8.1928―1930」は、一九二八（昭和三）年八月に病に倒れてから回復するまでの期間である。「疾中」詩稿は二九葉。作者生前の紙葉順は不明であるため、記入紙葉ごとに、和半紙（一篇）、赤罫詩稿用紙（一篇）、黄罫詩稿用紙（一〇篇）、無罫詩稿用紙（一五篇）、ノート用紙（二篇）の順に配列した。黄罫詩稿用紙までは口語で書かれた病中の心象スケッチ、無罫詩稿用紙以降には文語の宗教色の強い詩が並んでいる。それぞれの詩稿の最終形態を本文とした。なお、「〔風がおもてで呼んでいる〕」「〔こんなにも切なく〕」「〔眠ろう眠ろうとあせりながら〕」の三篇は、「装景手記」ノート中に先駆稿がある。また、「〔胸はいま〕」は御大典手帳と「装景手記」ノート中に先駆稿が書かれている。

補遺詩篇は、①独立紙葉に書かれた詩稿、②「歌稿〔B〕」余白書き込み詩稿、③手帳・ノート中の詩稿（「〔三原三部〕」・「東京」・「装景手記」収録の詩篇を除く）からなる。

独立紙葉　種々の原稿用紙、使用済み原稿用紙の裏、五線ノート紙、和洋の半紙など、詩稿用紙以外のさまざまな紙に独立して記された詩篇で、作品番号も日付もないものである。各篇の最終形態を本文とした。

「歌稿〔B〕」の余白　歌稿成立後の推敲過程での書き込み稿には、短歌を文語の詩に改作したものと、独立した詩篇（「〔わが父よなどてかのとき〕」・「ある恋」）とがある。以下に、改作詩について、改作元の短歌を番号で示す。
「〔這ひ松の〕」(2)、「〔われら黒夜に……〕」(15)、「プジェー師丘を……」(21)、「〔おしろいばなは……〕」(42)、「〔アークチュルスの……〕」(49)、「〔小さき水車の……〕」(53)、「〔線路づたひの……〕」(174)、「〔病みの眼に……〕」(188)、「〔いなびかり……〕」(193・194)、「〔しゅうれえ　おなごどお〕」(203)、「〔肱あげて汗……〕」(216)

手帳・ノート中の詩稿　現存する賢治使用の手帳・ノートそれぞれへの書き込みのなかで本巻に詩篇として採用したものの篇数およびその手帳・ノートの推定使用時期を記す。

「雨ニモマケズ手帳」 八篇　一九三一（昭和六）年十月上旬から翌年初めまで
「兄妹像手帳」 二五篇　一九三一（昭和六）年七月頃から九月下旬まで
「孔雀印手帳」 四篇（詩稿記入部分）一九三一（昭和六）年五月上旬から七月以降まで
「GERIEF手帳」 三篇　一九三一（昭和六）年三月末から七月末前後
「王冠印手帳」 七篇　一九三一（昭和六）年二月中旬から五月末前後
「「装景手記」ノート」 五篇　一九三〇（昭和五）年頃
「青表紙ノート」 二篇　一九三一（昭和六）年四月前

ここに収めた手帳・ノート中の詩稿は、東北砕石工場技師として炭酸石灰の販売等に東奔西走した時期から、再び病に倒れ闘病生活に入った時期までに、たえず手許にあった手帳等に書き留められたものである。文語詩以外の最晩年の心象のスケッチのほとんどがここにある。

補遺詩篇補遺

〔停車場の向こうに河原があって〕　五万分の一地図「水沢」の裏面に鉛筆で書かれたもの。詩稿下方に天地逆に「White lime Stone over the river ／ NS 75°」（猊鼻渓の大猊鼻岩の石灰岩層の走向・傾斜を示す）とある。昭和六年六月十四日の東北砕石工場訪問時の高金・猊鼻渓案内の後に書かれたものと推定される。

エスペラント詩稿

賢治が、いつエスペラントに関心を持ったか特定できないが、一九二六（大正十五）年十二月の上京の際には、旭光社で「エスペラントを教わり」、翌年一月の羅須地人協会での講義には、青年たちに東京で教わってきたエスペラントを伝えようとしている。一時期新たな表現手段としてのエスペラントに習熟しようとしたことは明らかだ。ここに収めたエスペラント詩稿は、エスペラント学習直後の時期に試みられた、自作のエスペラント訳と推定されている。これらは、綴りや文法などに多数のミスや誤りがあるが、初学者賢治による試訳ということで校訂せずに原文のまま本文とした。以下、各詩篇ごとに題名の試訳、記入用紙、翻訳元の短歌・口語詩（タイトルのみ）を示す。

Printempo.　「春」「B形10 20イーグル印原稿用紙」　雪山の反射のなかに／嫩草を／しごききたりて馬に喰はしむ。（「歌稿B」293）

Mateno.　「朝」「B形10 20イーグル印原稿用紙」　しろがねの夜あけの雲は／なみよりも／なほたよりなき野を被ひけり。（「歌稿B」340）

Vespero.　「夕」「B形10 20イーグル印原稿用紙」　山山に／白雲かゝり／城あとの粟さざめきて今

日も暮れたり（「歌稿B」211）
Logâdejo.「住居」「B形10 20イーグル印原稿用紙」「住居」（春と修羅　第二集）
Senrikolta Jaro.「凶歳」「B形10 20イーグル印原稿用紙」「凶歳」（春と修羅　第二集）
Projekt kaj Malesteco.「企てと無」（宮本正男による訳）「B形10 20イーグル印原稿用紙」不明
〔La koloroj, kiu ekvenas en mia dormeto,〕〔題名なし〕「歌稿B」余白　まどろみに／ふっと入りくる丘のいろ／海のごとくにさびしきもあり（「歌稿B」339）
〔Mi estis staranta nudapiede,〕〔題名なし〕「歌稿B」余白　はだしにて／雲落ちきたる十月の／トマトばたけに立ちてありけり（「歌稿B」404）

歌曲（歌詞）

ここに収めるのは、①生前発表のまま歌詞が口語詩や文語詩に改作されていない歌曲（歌詞）、②童話・戯曲のなかに登場するが独立した歌としても歌われてきた歌曲（歌詞）、③自筆楽譜等（数字譜を含む）の現存する歌曲（歌詞）、④同題の詩篇が存在するが、本文の異なりの大きい歌曲（歌詞）である。底本の『新校本宮沢賢治全集』には、各曲の楽譜及び歌詞が掲げられているが、本コレクションは、楽譜は省略し、歌詞のみを掲げることとした。なお、新校本全集に掲載されている歌曲のうち、本コレクション収録の童話・劇等の本文中に歌詞が登場する歌曲は原則として省略した。

星めぐりの歌　童話「双子の星」中で歌われる歌。本文は、「双子の星」に拠った。「双子の星」中の歌詞は、二連構成だが、独立した曲として歌われてきた本篇は、三連構成である。宮沢賢治作曲とされている。

あまの川　「愛国婦人」一九二一（大正十）年九月号に掲載された。童謡募集への応募作であろう。本文は、「愛国婦人」掲載形。本篇は、童話「銀河鉄道の夜」及び「二十六夜」の異稿中（最終形態では削除されている）にも登場している。曲については未詳。

花巻農学校精神歌　最初「稗貫農学校精神歌」と題して、ザラ紙の謄写印刷物に掲載、配布された。農学校の県立移管に伴い、改題されて「岩手県花巻農学校一覧表」（「大正十二年三月現在」との注記がある）に掲載された。のちに、「天業民報」第八四五号（大正十二年七月三日発行）に発表され、さらに後年文語詩「農学校歌」に改作された。本文は、「岩手県花巻農学校一覧表」掲載形。川村悟郎作曲。

角礫行進歌　「天業民報」第八六八号（大正十二年七月二十九日発行）に発表された。本文は、副題を含め「天業民報」発表形。フランスの作曲家F・グノー作曲の歌劇「ファウスト」中の男声合唱「兵士の合唱」に賢治が歌詞を付けたもの。

黎明行進歌　「天業民報」第八七四号（大正十二年八月七日発行）に発表された。本文は、副題を含め「天業民報」発表形。『寮歌集』（第一高等学校校友会、明治三十七年六月）収録の寮歌「紫淡くたそがるゝ」（作詞・作曲者不明）に賢治が歌詞を付けたものとされるが、詳細は不明。

イギリス海岸の歌　賢治没後、宮沢清六編の『宮沢賢治全集抜粋　鏡をつるし』〔A〕（昭和八年十月二十一日）に掲載された。本文は、新校本全集に拠る。曲は、「私（宮沢清六）が聞き覚えていたのを、かいてもらった」という楽譜がある。

"IHATOV" FARMERS' SONG（ポラーノの広場のうた）　謄写印刷された自筆楽譜が現存する。歌詞は、童話「ポラーノの広場」中の「ポラーノの広場のうた」及び文語詩「ポランの広場」の逐次形とも一致する。新校本全集では、本篇を「ポラーノの広場のうた」と題して収録していたが、本コレクションでは、自筆楽譜の題を採用し、「ポラーノの広場のうた」を副題とした。自筆楽譜の歌詞はローマ字で書かれているが、本文は「ポラーノの広場のうた」や「イーハトヴ農民劇団の歌」（文語詩「ポランの広場」逐次形）を参照して、漢字仮名交じり表記に校訂した。曲は、『賛美歌』（明治三十六年十二月、警醒社・教文館）の四四八番「いずれのときかは」。

種山ヶ原　賢治没後、宮沢清六編の『宮沢賢治全集抜粋　鏡をつるし』〔B〕（昭和八年十一月二十三日）に掲載された。文語詩「種山ヶ原」の異稿。本文は新校本全集に拠った。ドボルザークの交響曲第九番「新世界より」の第二楽章の一部に賢治が歌詞を付けたもの。

〔弓のごとく〕　文語詩「〔弓のごとく〕」下書稿の裏面に自筆数字譜が現存する。本文は、文語詩未定稿「〔弓のごとく〕」に拠った。曲は、ベートーベンの交響曲第六番「田園」第二楽章の一部を用いている。

大菩薩峠の歌　賢治没後、宮沢清六編の『宮沢賢治全集抜粋　鏡をつるし』〔A〕に「大菩薩峠を読みて」の題で掲載された。本巻本文は、新校本全集に拠った。曲は、「この地方に伝っている古い郷土芸能の旋律に賢治が詞を付けて、自己流に口ずさんだもの」（四十二年版全集第十二巻「後記」）という。

耕母黄昏　手書きの自筆楽譜が現存する。歌詞は、カタカナ書きであるが、本巻本文は十字屋版全集以来の漢字ひらがな交じり歌詞に従った。なお、カタカナ書き歌詞は、本巻補遺詩篇に収録した。

句稿

俳句と連句を収めた。俳句は、口語詩・短歌中の題材を俳句にしたもの、菊花品評会関係の句作、習字された句稿、が残されている。連句は、付合と鎖連句である。

口語詩・短歌などの一節を俳句化した作は、末尾に題材の詩（歌）稿名及び短歌の歌番号を添えた。

菊花品評会関係句作は、花巻秋香会主催の東北菊花品評会のためのもの。賞にする短冊用の句稿である。

「装景手記」ノートへの記入により、一九三〇（昭和五）年十一月前後の作と推定されている。習字された句のうち、「狼星を」「大管の」「鳥屋根を」の三句については賢治の俳号「風耿」が併記されているので、賢治作とみることができようが、「鶇呼ぶや」「ごみ〳〵と」の二句については賢治作かどうか疑問が残る。なお、「大管」は、太管《ふとくだ》の誤記とも考えられるが、繰り返し使用される賢治の読みぐせと解し、「大管《たいくわん》」のままとした。

「大根の」等の句は、佐藤隆房宛書簡（一九二八（昭和三）年十月三十日付）記載の付合。本文中（　）で括った前句は、佐藤二岳（隆房の俳号）のもの。「圭」は賢治の俳号。

「おのおのに」以下は、藤原嘉藤治宛葉書記載のもの。「清」の句に「圭〔＝賢治の俳号〕」が付ける形の鎖連句。「清」は賢治自身かは不明。

「ごた〳〵や」の付合。前句の「車中にて」という詞書及び前句「ごた〳〵や」は、賢治の筆跡ではなく、作者不明。「熟れ初めし」が賢治の付句。

「神の井は」等の句は、大橋無価（珍太郎の俳号）と賢治の付合。本文中（　）で括った前句が、大橋無価のもの。「青表紙」ノートに書かれた断片稿、「東北砕石工場花巻出張所用箋」に書かれた稿の二種の自筆稿があり、他に賢治没後に大橋珍太郎（無価）が控えておいた句を筆写して宮沢清六に贈った句稿がある。大橋の記憶では「大正十三年六月頃」の付合であるというが、青表紙ノート・東北砕石工場用箋の使用は昭和六年をさかのぼらない。従って、この付合の成立は未詳である。本文は、新校本全集に拠って東北砕石工場用箋の稿を採用した。

本文は、『新校本宮沢賢治全集』第五巻と第六巻を底本としたが、ルビの付加や、行末の句点・読点の削除、作者特有の用字の修正など、今回の本文決定にあたり校訂した箇所があるので、以下に主要なものについて注記する。なお、行数は題名を除いた本巻本文の行数（連替わりの空き一行も加算する）による。

三原三部

三原　第一部　一〇行目「氈」に原ルビはない。ここでは、「セン」を選んだが、「けむしろ」でもよい。

三原　第二部　一二三行目「ああいうふうにして」は、原文「ああいうにして」に「ふう」を補った。

東京

高架線　一七行目「楊梅」に原ルビはない。「ヤマモモ」を選んだが、「ヨウバイ」でもよい。一七行目の次に底本は「もひかり」の一行があったが、これは語句補い忘れの行とみて削除した。

同　七九行目「繻子」は、底本の「朱子」を通行の表記に校訂した。

神田の夜　一八行目「自働車」は、原文のまま。「自働車群夜となる」の表題及び四行目の「自働車」も同様である。

〔東京〕　六行目「猫睛石」に原ルビはない。「ねこめいし」を選んだが、「キャッツアイ」でもよい。なお、童話「十力の金剛石」では、この語に自筆ルビ「キャッツアイ」が付されている。

同　七行目「煉瓦」は、底本の「練瓦」を通行の表記に校訂した。後出「小さき煉瓦場」の「煉瓦」

も同様である。

同　孔雀　一三行目「貢高なる」は、底本では「高貢なる」。「雨ニモマケズ手帳」の「警貢高心」や「ビジテリアン大祭」の「貢高邪曲」を参照して校訂した。

装景手記

装景手記　四〇行目「高貢」は、「貢高」の誤記かと考えられるが、「高下（低）」の誤記とも考えられるので、ここはあえて校訂しなかった。

同　六四行目「ような色の族」は、底本では「ようなその色の族」だが、冗語「その」を削除した。

〔澱った光の澱の底〕　表題及び一行目の「澱った」に原ルビはない。「澱」には、「よど」の読みがあるが、ここでは、意味を勘案して「にごった」と読んだ。

華麗樹種品評会　一八行目「である」の上にゴマ点を追加した。底本の空白を一七行目とそろえた。

同　二〇行目「惑んで」に原ルビはない。「惑《くら》く」（「異途への出発」、「〔たそがれ思量惑くして〕」）にならって、「くらんで」と読んだ。

疾中

〔こんなにも切なく〕　四行目「錬える」は、底本の「練える」を通行の表記に校訂した。

補遺詩篇　補遺詩篇に掲げられたものは、手帳・ノートへの書き込みや、断片稿などの未定稿が多く含まれている。そこで、独立紙葉に書かれた清書稿以外の詩篇については、行中・行末の句読点は原則として削除した。この校訂については特記しない。

牧馬地方の春の歌　一〇・一五行目「羅紗」は、底本の「羅沙」を通行の表記に校訂した。

〔それでは計算いたしましょう〕　八行目「乾田」「湿田」に原ルビはない。「塩水撰・浸種」（「春と修羅第二集」）中の自筆ルビに従って、「かたた」「ひどろ」とルビを振った。

〔白く倒れし萱の間を〕　一行目「萱」は、底本の「萓」を通行の表記に校訂した。

〔さあれ十月イーハトーブは〕　五行目「索める」は、底本の「勇める」を訂正した。

〔穂を出しはじめた青い稲田が〕　七行目「雲鶴声」は、底本は「更鶴声」であるが、「更」は「雲」の崩し字の読み違えであるので訂正した。一三行目「萱」は、底本の「萓」を通行の表記に校訂した。

歌曲（歌詞）　底本は、行中・行末に句読点が付けられているが、本巻本文では原則としてすべて削除した。この校訂については特記しない。

補遺詩篇補遺

〔停車場の向こうに河原があって〕　五行目「猊鼻」は、原文「げい美」を「猊鼻渓」「厳美渓」の混乱とみて校訂した。七行目、「猊巌」の「巌」は、原文の異体字を標準字体にした。

句稿

俳句　二五句目「鶙」は、意味は「ハイタカ」という鷹の種類の名を表すが、ここでは、音数律にもとづいて「たか」と読んでみた。字余りで、「はいたかの」と読むことも無理ではない。

花巻に行ったところで賢治さんに会えるわけではないけれど

ほしおさなえ

東京と違って、雲が低かった。

盛岡に近づくと、川が大きくなる。川のぎりぎりまで草が茂っている。山も色づいて、低い雲が群れになってどんどん流れていく。丘の中腹にお墓たちが立っている。ここに人が生きていた、生きていることの証のように、日に照らされている。

所用で盛岡に行ったのだが、時間が空いたので、久しぶりに宮沢賢治ゆかりの花巻に寄ってみようと思った。

盛岡から東北本線に乗る。電車は二両。ドアを開けるボタンを押す。車内には高校生や新聞を広げたおじさんや、土地の言葉でおしゃべりしているおばあさんたちが座っていて、わたしも横に並んで座る。目の前に窓の外の景色が広がって、舞台の前にみんなと並んで座っているような気持ちになった。

わたしにとって、宮沢賢治はどうにも不思議な作家だった。子どものころ賢治の童話を読んで、これは人の書いたものではないのではないか、と感じた。森や山の動物が里に降りてきて、人になって童話を書いている。そう感じるほどに作品に描かれた世界もリズムもふつうの人の書いたものとちがうように思われた。

一体蛙どもは、みんな、夏の雲の峯を見ることが大好きです。じっさいあのまっしろなぷくぷくした、玉髄のような、玉あられのような、又蛋白石を刻んでこさえた葡萄の置物のような雲の峯は、誰の目にも立派に見えますが、蛙どもには殊にそれが見事なのです。眺めても眺めても厭きないのです。そのわけは、雲のみねというものは、どこか蛙の頭の形に肖《に》ていますし、それから春の蛙の卵に似ています。(「蛙のゴム靴」)

などという言葉の連なりを見ると、このように雲を見るとはどういう目なのか、と思ってしまうのだ。地球上の生き物ではないのかもしれない。別の星からやってきた高度な精神が人に化体したのではないかとも思えてくる。

花巻に行ったところで賢治さんに会えるわけではないし、賢治さんについてなにかわかるわけでもないだろうけど。それでも電車が動き出し、両側をやまなみにはさまれた平野を真っ直ぐに進んでいくと、だんだんこれが銀河鉄道なのではないかと思えてくる。

空が広い。平らな土地に田畑が広がる。木に囲まれ、守られた家や社。草はら。すすきのような植物が揺れる。立ち並んだ樹木も畑も田んぼもひとが作ったものだろう。身体を動かし手を汚して作ったものだろう。そこからときどきばあっと鳥が飛び立つ。白い水鳥が飛んでいく。

銀河鉄道のモデルは岩手軽便鉄道、いまの釜石線と言われている。ここではないと知っているのだけれど、ここの広い田んぼの真ん中で鳥捕りが空を見上げていてもおかしくはない気がしてしまう。

むかし釜石線に乗ったときのことも、もう二十年も三十年も前のことなのに、忘れられずにいる。花巻から釜石まで、車窓からの風景は心に染み入るもので、やはり岩手はイーハトーブなのだと思ったものだった。

そんなことを考えていると、ふわっとおにぎりの匂いがして、見ると横のおばあさんたちが銀紙に包まれたおにぎりを食べはじめていた。ここに住む人たちにとってはこれはただの電車なのだろう、と少し気恥ずかしく感じるが、フィーという警笛の音が聞こえると、外の景色はまた銀河鉄道の世界と二重写しになる。

「銀河鉄道の夜」は「ほんとうのさいわい」を探す物語だが、そのほんとうのさいわいがなんなのか、はじめて読んだときはよくわからなかった。仏教やキリスト教やさまざまな神さまの話が混ざり合いながら、「ほんとうのさいわい」がなんであるか、物語のなかに明確には記されない。記されるのはただ「僕もうあんな大きな闇の中だってこわくない。きっとみんなのほんとうのさいわいをさがしに行く。どこまでもどこまでも僕たち一緒に進んでいこう。」という言葉だけ。「ほんとうのさいわい」がなにかわからないことが不安でたまらなかった。

花巻に着いて、時間もそんなにないから「宮沢賢治記念館」に行くことにした。イギリス海岸を通り過ぎる。北上川に沿った家の窓辺に柿が干してある。記念館は高台にあり、ずいぶん急な坂をのぼっていく。

記念館のなかには賢治の原稿がたくさん展示されていた。まず、賢治の文字は丸文字である。美しいペン字のような文字ではなく、丸っこい、元気のいい文字で、原稿用紙に飛び跳ねるように並んでいる。上や横にも書き足しがあって、全体が踊っているようなのだ。

記念館に貼られた賢治の足跡を眺めていると、小説や詩を書くことが大事なことであったのは違いないのだけれども、賢治の生涯は、農民としてみなとともに生きることが中心であったのだろうと思えてくる。

ここに来る途中で見た風景は、どれも胸に染み入るように美しいものだったけれど、それは多くの悲しみや苦しみが積み重なったなかに、きらきらした光が当たっている、そんな美しさだったのだと気がついた。

年譜を見れば、賢治が生きているあいだも、この土地はなんども天災や飢饉に見舞われ、人々の暮らしが厳しいものだったことがわかる。賢治の家は裕福であったから、きっと自分だけが衣食住に困らないことに負い目を感じてきたのだろう。ぜんたいの幸福のために、賢治は自らも農民となることを選んでいく。

壁に大きく「農民芸術概論綱要」が紹介されていた。なかに「世界がぜんたい幸福にならないうちは個人の幸福はあり得ない」という言葉が出て来る。

それを見たとき、なるほどそうなのか、と思った。「ほんとうのしあわせ」というのは「ジョバンニのほんとうのしあわせ」ではないのである。賢治にとってほんとうのしあわせというのは、世界ぜんたいのしあわせであったのだろう。だから「ほんとうのしあわせとはこういうものである」という解があるのではなく、みんなでその道を探し続けるということこそが尊い答えなのであろうと思った。

そうして、これは「銀河鉄道の夜」で完結する話ではなく、賢治の生涯の中で探し求めてきたものであるのだな、と感じた。

人間にとってほんとうのしあわせとはなにか、という思索の道より、だれも苦しまず生きられる世になるよう力を尽くすこと。ジョバンニが旅の中で得た自分の道はそういうものであったのかもしれない。だからこそジョバンニは地上に戻るのだ。「ぼくはカンパネルラといっしょに歩いていたのです」とカンパネルラの父親に言おうとして言えなくなる。そんなジョバンニに、カンパネルラの父親は「今晩はありがとう」と言い、ジョバンニの父が帰って来ることを告げる。牛乳を持ち、父のことを知らせようと母のもとに帰るその結末に、大事なことはすべて書かれていたのだ。

外に出て、坂を下っていく。途中には賢治の設計図を元に作られた日時計花壇があり、ふりかえると葉の落ちた木々の隙間から青空が広がっている。低い雲がどこかに向かって流れ、賢治の童話のリズムが耳の奥でこだまする。ぶらぶらと階段の道を歩きながら、やはり岩手はイーハトーブなのかもしれない、と思う。

帰りの電車のなかで夕日を見た。この土地に生きた賢治のことを思う。『疾中』という病床で書かれたとされる詩集のなかに「そしてわたくしはまもなく死ぬのだろう」という作品がある。

そしてわたくしはまもなく死ぬのだろう
わたくしというのはいったい何だ
何べん考えなおし読みあさり
そうともきこうも教えられても
結局まだはっきりしていない
わたくしというのは
〔以下空白〕

結局まだはっきりしていないもの。

賢治はやはり星のようなものの精神が人に化体したのかもしれない。「銀河鉄道の夜」のなかで、ジョバンニは天の川や星座を見上げながら、「ほんとうにこんなような蠍だの勇士だのそらにぎっしり居るのだろうか、ああぼくはその中をどこまでも歩いて見たい」と思う。賢治の思う夜空は、そんなふうになにかがぎっしり詰まっていたのだろうか。

とすれば、もしかしたら星とは死んだ人たちの精神のことなのかもしれない。あれがだれ、とか、これがだれとか言えないほどに、砕けて混ざり合った人々の精神がまたたいて、星になっている。それが帰ってきて人の身体に住んで、世界を見ている。

となれば、もしかしたら賢治だけでなくわたしたちはみな、そのような星がつかのま人の形になったものなのかもしれない。「そうともきこうも教えられても／結局まだはっきりしていない」そういう存在なのかもしれない。

同じ『疾中』の〔その恐ろしい黒雲が〕では、「あの雨雲と婚すると云い」「その洪積の大地を恋うと／なかば戯れに人にも寄せ」「青い山河をさながらに／じぶんじしんと考えた／ああそのことは私を責める」と嘆き、「ああ友たちよはるかな友よ／きみはかがやく穹窿や／透明な風野原や森の／この恐るべき他の面を知るか」と叫ぶ。ひとりの人間としての身体があげる悲鳴のように。

賢治さんはいまどこにいるのだろう。もういない。でも散らばってどこにでもいる。もう少しして日が暮れれば、空に星が灯るだろう。「双子の星」のように星たちが一晩銀笛を吹き、「かしわばやしの夜」のようにふくろうがたくさんやってきて銀の羽を開いたり閉じたりし、シグナルとシグナレスが夢を見るのだろう。

そんな時間までここにはいられないけれど、この広い平野に立って、夜の空を見上げてみたい気がした。

花巻に行ったところで賢治さんに会えるわけではないし、賢治さんについてなにかわかるわけでもない。それでも行ってよかったなあ、と、フィーという警笛を聴きながら思っていた。

宮沢賢治《みやざわけんじ》コレクション9
疾中《しっちゅう》・東京《とうきょう》ほか——詩《し》Ⅳ

二〇一八年一月二十五日　初版第一刷発行

著　者　宮沢賢治《みやざわけんじ》
発行者　山野浩一
発行所　株式会社　筑摩書房
東京都台東区蔵前二—五—三　郵便番号一一一—八七五五
振替〇〇一六〇—八—四一二三
印　刷　明和印刷　株式会社
製　本　牧製本印刷　株式会社

乱丁・落丁本の場合は左記宛にご送付ください。送料小社負担でお取り替えいたします。ご注文、お問い合わせも左記へお願いいたします。
筑摩書房サービスセンター
〒三三一—八五〇七　埼玉県さいたま市北区櫛引町二—六〇四
電話　〇四八—六五一—〇〇五三

ISBN978-4-480-70629-4 C0392

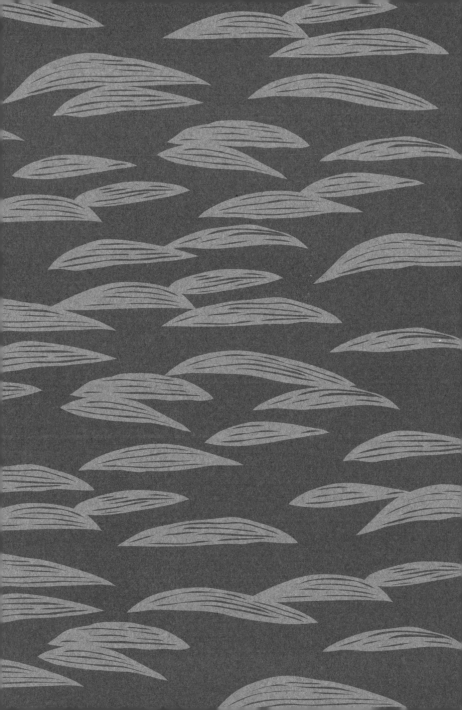